W0213158

btb
Aus Freude am Lesen

btb

Buch

Sie sind leichte Beute für ihre Verführer: drei neugierige junge Mädchen an der Schwelle zum Frausein im Paris der sechziger Jahre. Sie sind frei, sie sind schön, ihnen steht die Welt offen. Alle drei verlieben sich leidenschaftlich und hingebungsvoll und werden von ihren Geliebten und vom Leben tief verletzt. Eine endet in den Fängen einer Sekte, die andere sitzt allein im Hotel, die dritte erschießt den Betrüger. Diese Wunden werden nie heilen.

Die drei Frauen wären für immer unbekannt geblieben, hätte nicht Patrick Modiano ihnen mit diesem Buch ein literarisches Denkmal gesetzt. »Modiano ist ein Zeremonienmeister der Erinnerung.« *Badische Zeitung*

Autor

Patrick Modiano, geboren 1945, gilt als einer der bedeutendsten französischen Schriftsteller der Gegenwart. Er erhielt zahlreiche Auszeichnungen, unter anderem den Prix Goncourt. Von Peter Handke für die deutschen Leser entdeckt, erscheinen seine Romane inzwischen auf Deutsch und werden vom Publikum und der Kritik gleichermaßen gefeiert.

Patrick Modiano bei btb

Aus tiefstem Vergessen. Roman (72862)

Patrick Modiano

Unbekannte Frauen

Roman

Aus dem Französischen
von Elisabeth Edl

btb

Die Originalausgabe erschien 1999 unter dem Ttitel
»Des Inconnues« bei Gallimard in Paris

Umwelthinweis:
Alle bedruckten Materialien dieses Taschenbuches
sind chlorfrei und umweltschonend.

btb Taschenbücher erscheinen im Goldmann Verlag,
einem Unternehmen der Verlagsgruppe Random House.

1. Auflage
Genehmigte Taschenbuchausgabe Februar 2004
Copyright © der Originalausgabe: 1999 by Editions Gallimard,
Paris
Copyright © der deutschsprachigen Ausgabe: 2002 Carl Hanser
Verlag Müchen Wien
Umschlaggestaltung: Design Team München
Umschlagfoto: Photonica/Woods-Jack
Satz: IBV Satz- und Datentechnik GmbH, Berlin
SR · Herstellung: Augustin Wiesbeck
Made in Germany
ISBN 3-442-73142-9
www.btb-verlag.de

1

In jenem Jahr ist der Herbst früher gekommen als gewöhnlich, mit Regen, dürren Blättern und Nebel über den Quais der Saône. Ich wohnte noch bei meinen Eltern, im unteren Teil des Fourvière-Hügels. Ich mußte dringend Arbeit finden. Im Januar war ich für sechs Monate in der Société de Rayonne et Soierie, an der Place Croix-Paquet, als Schreibkraft eingestellt worden, und ich hatte meinen ganzen Lohn gespart. Ich war in die Ferien gefahren nach Torremolinos, im Süden Spaniens. Ich war achtzehn und verließ zum ersten Mal in meinem Leben Frankreich.

Am Strand von Torremolinos hatte ich eine Frau kennengelernt, eine Französin, die seit mehreren Jahren mit ihrem Mann hier lebte und Mireille Maximoff hieß. Eine sehr hübsche Brünette. Sie und ihr Mann führten ein kleines Hotel, in dem ich ein Zimmer gemietet hatte. Sie hatte mir erklärt, im kommenden Herbst würde sie für längere Zeit in Paris sein und bei Freunden wohnen, deren Adresse sie mir gab. Ich hatte ihr versprochen, sie in Paris zu besuchen, sobald sich eine Gelegenheit bot.

Nach meiner Rückkehr ist mir Lyon furchtbar düster vorgekommen. Ganz in der Nähe unseres Hauses, rechts, in der Montée Saint-Barthélemy, war das Internat der Lazaristen. Gebäude, die an den Hang des Hügels gebaut waren und deren trostlose Fassaden über der Straße aufragten. Das Portal war in eine hohe Mauer gebrochen. Lyon, damals im September, das ist für mich die Mauer der Lazaristen. Eine schwarze Mauer, auf die manchmal die Strahlen der Herbstsonne fielen. Dann wirkte dieses Internat vollkommen verlassen. Aber im Regen war die Mauer eine Gefängnismauer, und ich hatte das Gefühl, daß sie mir die Zukunft versperrte.

Durch eine Kundin aus dem Laden meiner Eltern erfuhr ich, daß ein Modesalon Mannequins suchte. Sie meinte, man bekäme achthundert Franc im Monat dafür, zweihundert Franc mehr als in der Société de Rayonne et Soierie. Sie gab mir die Adresse, und ich beschloß, mich vorzustellen. Am Telephon sagte mir eine Frau mit autoritärer Stimme, ich solle an einem späten Nachmittag der nächsten Woche in die Rue Grolée Nummer 4, kommen.

In den folgenden Tagen redete ich mir schließlich ein, daß ich unbedingt Mannequin werden müßte, obwohl ich vorher nie an so etwas gedacht hatte. Auf diese Weise hätte ich vielleicht einen guten Grund, Lyon zu verlassen und nach Paris zu gehen. Je näher die Verabredung rückte, desto ängstlicher wurde ich. Es würde um mein Leben gehen, Kopf oder Zahl. Ich sagte mir, wenn sie mich nicht einstellen, wird sich nie wieder eine solche Gelegenheit bieten. Hatte ich wenigstens eine kleine Chance? Wie sollte ich mich für diese Prüfung anziehen? Ich hatte keine Wahl. Meine einzigen etwas eleganteren Kleidungsstücke waren ein grauer Rock und eine weiße Bluse. Ich habe mir dunkelblaue Schuhe mit einem kleinen Absatz gekauft.

Am Vorabend habe ich in meinem Zimmer den grauen Rock, die weiße Bluse, die dunkelblauen Schuhe angezogen, dann stand ich aufrecht, reglos vor dem Schrankspiegel und fragte mich, ob dieses Mädchen tatsächlich ich war. Darüber mußte ich lächeln, aber das Lächeln erstarrte bei dem Gedanken, daß morgen jemand über mein Leben entscheiden würde.

Ich hatte Angst, ich könnte zu spät zu der Verabredung kommen, und ging deshalb schon eine Stunde vorher aus dem Haus. Als ich die Place Bellecour erreichte, regnete es, und da bin ich in die Eingangshalle des Hôtel Royal geflüchtet. Ich wollte nicht mit nassen Haaren in dem Modesalon vorsprechen. Ich habe dem Hotelportier erklärt, ich sei hier Gast, und da hat er mir einen Schirm geliehen. In der Rue Grolée Nummer 4, ließ man mich warten, in einem großen Raum mit grauer Holztäfelung und Fenstertüren, vor denen Seidenvorhänge in derselben Farbe hingen. Eine Reihe von Stühlen stand an der Wand, Stühle aus vergoldetem Holz und mit roter Samtpolsterung. Nach einer halben Stunde sagte ich mir, daß sie mich wohl vergessen hatten.

Ich hatte mich auf einen der Stühle gesetzt und hörte, wie der Regen fiel. Der Lüster strahlte ein weißes Licht aus. Ich fragte mich, ob ich noch länger bleiben sollte.

Ein Mann ist hereingekommen, ungefähr fünfzig, die dunklen Haare nach hinten gekämmt, mit einem kleinen Schnurrbart und Habichtsaugen. Er trug einen marineblauen Anzug und dunkle Wildlederschuhe. Manchmal stößt er in meinen Träumen die Tür auf, kommt herein, und auch nach dreißig Jahren sind seine Haare immer noch gleich schwarz.

Er bat mich sitzenzubleiben und nahm neben mir Platz. Mit schroffer Stimme fragte er nach meinem Alter. Ob ich schon als Mannequin gearbeitet hätte? Nein. Er forderte mich auf, die Schuhe auszuziehen, zu den Fenstern hinüberzugehen und wieder zu ihm zurück. Ich ging los und fühlte mich dabei sehr befangen. Er saß vorgebeugt auf seinem Stuhl, das Kinn in die Hand gestützt, mit sorgenvoller Miene. Nach dem Hin- und Hergehen blieb ich vor ihm stehen, ohne daß er etwas sagte. Um mir meine Verlegenheit nicht anmerken zu lassen, fixierte ich meine Schuhe unter dem leeren Stuhl.

»Setzen Sie sich«, sagte er.

Ich habe mich wieder auf meinen Platz gesetzt, auf den Stuhl neben ihm. Ich wußte nicht, ob ich meine Schuhe wieder anziehen durfte.

»Ist das Ihre natürliche Farbe?« hat er mich gefragt und auf meine Haare gezeigt.

Ich bejahte.

»Ich möchte Sie gern im Profil sehen.«

Ich habe den Kopf zu den Fenstern gedreht.

»Sie haben ein ganz hübsches Profil ...«

Das hatte er gesagt, als müsse er mir eine schlechte Nachricht verkünden.

»Hübsche Profile sind etwas so Seltenes.«

Der Gedanke, daß es auf der Welt nicht genug hübsche Profile gab, schien ihn zu verstimmen. Er starrte mich mit seinen Habichtsaugen an.

»Für Photos wäre das sehr gut, aber Sie entsprechen nicht dem, was Monsieur Pierre sucht.«

Ich verkrampfte mich. Hatte ich noch eine winzige Chance? Vielleicht würde er diesen Monsieur Pierre, der wahrscheinlich sein Chef war, um seine Meinung bitten.

Was genau suchte er? Ich war fest entschlossen, mich allem zu fügen, was Monsieur Pierre wollte.

»Es tut mir leid ... Wir können Sie nicht einstellen.«

Das Urteil war gefallen. Ich hatte nicht mehr die Kraft, irgend etwas zu sagen. Der schroffe und höfliche Ton dieses Mannes gab mir deutlich zu verstehen: Ich war es nicht einmal wert, daß Monsieur Pierre um seine Meinung gebeten wurde.

Ich habe meine Schuhe wieder angezogen. Ich bin aufgestanden. Er schüttelte mir die Hand, stumm, und begleitete mich bis zur Tür, die er eigenhändig öffnete, um mich hinaustreten zu lassen. Auf der Straße bemerkte ich, daß ich den Schirm vergessen hatte, aber das war nicht mehr wichtig. Ich überquerte die Brücke. Ich ging den Quai an der Saône entlang. Dann fand ich mich plötzlich in der Nähe unseres Hauses wieder, in der Montée Saint-Barthelemy, vor der Mauer der Lazaristen, wie sooft in meinen Träumen während der folgenden Jahre. Man hätte mich nicht unterscheiden können von dieser Mauer. Ihr Schatten hüllte mich ein, und ich nahm ihre Farbe an. Und niemand würde mich diesem Schatten jemals entreißen können. Im Gegensatz dazu war der Salon in der Rue Grolée, wo man mich hatte warten lassen, in das Licht des Lüsters getaucht, ein grelles Licht. Der Typ mit dem blauen Anzug und den Wildlederschuhen hörte nicht auf, rückwärts aus dem Zimmer zu gehen. Wie in einem alten Film, der langsam zurückgespult wird.

Immer derselbe Traum. Nach ein paar Jahren war die Mauer der Lazaristen weniger düster, und in manchen Nächten schimmerte auf ihr ein Strahl der untergehenden Sonne. Im Salon der Rue Grolée verströmte der Lüster ein sanftes Licht. Der blaue Anzug des Mannes mit den

Habichtsaugen wirkte sehr blaß, ausgebleicht. Auch sein Gesicht war blaß geworden, seine Haut fast durchscheinend. Nur die Haare blieben schwarz. Seine Stimme klang heiser. Es war nicht mehr er, der sprach, sondern eine Platte, die sich drehte. Dieselben Worte wiederholten sich ewig weiter: »Ihre natürliche Farbe ... Zeigen Sie mir bitte Ihr Profil ... Sie entsprechen nicht dem, was Monsieur Pierre sucht«, und sie hatten ihren Sinn verloren. Beim Aufwachen wunderte ich mich jedesmal, daß diese inzwischen immer länger zurückliegende Episode aus meinem Leben mir eine so große Enttäuschung bereitet, mich so unglücklich gemacht hatte. Als ich an jenem Abend die Brücke überquerte, hatte ich sogar daran gedacht, mich in die Saône zu stürzen. Wegen so einer Lappalie.

Ich hatte nicht einmal mehr den Mut, nach Hause zu gehen, vor meine Eltern und vor den Schrankspiegel in meinem Zimmer zu treten. Ich bin die Treppen zur Altstadt hinuntergelaufen, als wäre ich auf der Flucht. Wieder ging ich den Quai am Ufer der Saône entlang. Ich betrat ein Café. Den Zettel, auf den Mireille Maximoff Adresse und Telephonnummer ihrer Freunde in Paris geschrieben hatte, trug ich immer bei mir. Ein Klingelzeichen folgte auf das andere, aber niemand hob ab, und plötzlich hörte ich eine Frauenstimme. Ich blieb stumm. Dann brachte ich doch mit einer tonlosen Stimme, die dort, in Paris, bestimmt niemand hören konnte, hervor: »Könnte ich mit Mireille Maximoff sprechen?« Sie war gerade außer Haus, ein wenig später, am Abend, würde sie jedoch wieder da sein.

Am nächsten Tag habe ich an der Gare de Perrache einen Nachtzug genommen. Das Abteil war in tiefe Dunkelheit getaucht. Schatten schliefen auf der Sitzbank, ganz hinten. Ich habe mich in die Nähe des Gangs gesetzt. Der Zug stand noch eine Weile auf dem Bahnsteig, und ich fragte mich, ob man mich fortlassen würde. Es kam mir vor, als würde ich ausreißen. Der Waggon fuhr an, ich sah die Saône langsam verschwinden, und ich fühlte mich von einer Last befreit. Ich glaube nicht, daß ich in jener Nacht geschlafen habe, höchstens ein wenig geschlummert, als der Zug, ohne daß klar wurde warum, in Dijon auf einem menschenleeren Bahnsteig hielt. Im bläulichen Schein des Nachtlichts dachte ich an Mireille Maximoff. Kein einziger Tag ohne Sonne, dort unten, am Strand von Torremolinos. Sie hatte mir erzählt, daß sie in meinem Alter in einer kleinen Stadt in den Landes wohnte, deren Namen ich vergessen habe. Am Abend vor dem Abitur war sie sehr spät zu Bett gegangen, und der Wecker hatte nicht geklingelt. Sie hatte bis Mittag geschlafen, anstatt ihr Abitur zu machen. Später hatte sie Eddy Maximoff kennengelernt, ihren Mann. Er war ein großer, gutaussehender Mann russischer Abstammung, der von allen »Der Konsul« genannt wurde und immer ein Gemisch aus Coca-Cola und Rum trank. Er wollte es auch mir zum Aperitif servieren, aber ich sagte ihm jedesmal, Coca Cola allein wäre mir lieber. Er sprach akzentfrei Französisch. Er hatte in Paris gelebt, und ich vergaß, Mireille Maximoff zu fragen, welcher Zufall sie beide nach Spanien verschlagen hatte.

Ich bin sehr früh angekommen. In der Gare de Lyon war es noch dunkel. Übrigens habe ich den Eindruck, daß es in der ersten Zeit, die ich in Paris verbrachte, immer dunkel war. Ich hatte nur eine ganz leichte Reisetasche bei mir. Am Vormittag meiner Ankunft saß ich mit Mireille Maximoff in einem Café an der Place du Trocadéro. Ich hatte bis zehn in der Bahnhofsgaststätte gewartet, bevor ich sie anrief. Sie hatte nicht gleich verstanden, von wo ich telephonierte. Ich war als erste in dem Café. Ich fürchtete, sie könnte mich abweisend behandeln, wenn ich ihr gestand, daß ich nicht wußte, wo ich wohnen sollte. Sie kam mit einem Lächeln auf mich zu, so als würden wir uns am Strand treffen. Man hätte meinen können, wir wären erst am Abend zuvor auseinandergegangen. Sie schien froh, mich zu sehen, und stellte mir Fragen. Ich habe ihr alles erzählt: das Vorstellungsgespräch im Modesalon, die schroffe Stimme des Typen mit den Habichtsaugen, die ich in der vergangenen Nacht, hinter Dijon, im Halbschlaf immer noch hörte: »Ist das Ihre natürliche Farbe? Zeigen Sie mir bitte Ihr Profil ...«

Und da bin ich vor ihr in Tränen ausgebrochen. Sie hat mir die Hand auf die Schulter gelegt und gesagt, das sei doch alles nicht so wichtig. Das erinnere sie an das Abitur, das sie mit siebzehn Jahren versäumt habe, weil der Wekker an dem Morgen nicht geklingelt hatte. Sie wollte mich gern in der Wohnung ihrer Freunde unterbringen.

Wir überquerten den Platz, und meine Reisetasche war wirklich nicht schwer. Es regnete wie in Lyon, aber auch der Regen kam mir leicht vor. Das Haus lag am Ende der Rue Vineuse. In den ersten Tagen trug ich den Zettel, auf dem Adresse und Telephonnummer standen, immer bei mir, falls ich mich in Paris verlaufen würde. Eine Wohnung mit hellen Wänden. Im Salon standen fast keine Möbel. Sie hat die Tür zu einem kleinen Zimmer aufgemacht, in dem eine ganze Wand mit Bücherregalen bedeckt war. Gegenüber ein mit grauem Samt bezogenes Kanapee. Kein Spiegelschrank. Das Fenster ging auf einen Hof. Sie wollte Bettwäsche holen, aber ich sagte ihr, das sei im Augenblick nicht nötig. Sie hat die Vorhänge zugezogen. Ich hatte meine Tasche neben das Kanapee gestellt, ohne sie zu öffnen. Ich bin sehr schnell eingeschlafen. Ich hörte, wie im Hof der Regen fiel, und das lullte mich ein. Von Zeit zu Zeit wachte ich auf, und jedesmal glitt ich langsam in den Schlaf zurück. Ich ging wieder die Montée Saint-Barthélemy hinauf und wunderte mich, daß die Mauer der Lazaristen auf der rechten Seite verschwunden war. Da war nur noch eine Leere und dahinter die Place du Trocadéro. Es regnete, aber der Himmel war sehr hell, blaßblau. In den folgenden Tagen nahm mich Mireille Maximoff mit auf ihren Wegen durch Paris. Wir überquerten die Seine und gingen nach Saint-Germain-des-Prés. Sie traf sich mit Freunden im Nuage, im Malène. Ich saß neben ihnen und traute mich nicht, den Mund aufzumachen. Ich hörte ihnen zu. Manchmal kam sie erst gegen sieben Uhr abends in die Wohnung zurück, und ich blieb den ganzen Nachmittag allein. Ich spazierte bis zum Bois de Boulogne. Die Sonne schien oft. Ein feiner Regen fiel, ohne daß ich es gleich bemerkte. Dann wieder Sonne auf den rotgelben Blättern der Bäume und in den Alleen des Pré Catelan, die nach nasser Erde rochen. Wenn ich zurückkam, war es bereits dunkel. Eine vage Unruhe überfiel mich bei dem Gedanken an die Zukunft. Sie schien mir vollkommen verschlossen, als stünde ich noch immer vor der Mauer der Lazaristen. Ich verjagte meine schwarzen Gedanken. Sicher konnte man in dieser Stadt Bekanntschaften machen. In der Straße, die vom Bois de Boulogne zum Trocadéro führte, hob ich den Kopf und blickte zu den erleuchteten Fenstern empor. Jedes von ihnen schien mir ein Versprechen zu sein, ein Zeichen, daß alles möglich war. Trotz welker Blätter und Nebel war die Luft von elektrischer Spannung erfüllt. Ein seltsamer Herbst. Er ist in sich geschlossen und für immer losgelöst von meinem übrigen Leben. Da, wo ich jetzt bin, gibt es keinen Herbst mehr. Ein kleiner Mittelmeerhafen, wo die Zeit für mich stehengeblieben ist. Jeden Tag Sonne, bis zu meinem Tod. Die wenigen Male, die ich in den folgenden Jahren nach Paris zurückgekehrt bin, fiel es mir schwer zu glauben, daß es die Stadt war, in der ich jenen Herbst verbracht hatte. Damals war alles gewaltsamer, geheimnisvoller, die Straßen, die Gesichter, das Licht, als träumte ich oder hätte ein Rauschmittel genommen. Oder ich war einfach zu jung und die Spannung zu stark für mich. Als ich an einem Abend in die Rue Vineuse zurückkam, begegnete mir im Treppenhaus ein dunkelhaariger Mann in einem Regenmantel. Ich hatte ihn schon zusammen mit den anderen gesehen, die wir in Saint-Germain-des-Prés trafen. Er hat mich wiedererkannt und gelächelt. Wahrscheinlich hatte er Mireille Maximoff nach Hause begleitet. Ich läutete. Es dauerte lange, bis sie mir aufmachte. Sie trug nur einen Bademantel aus rotem Frottee, und ihre Haare waren zerzaust. Im Salon brannte kein Licht. Sie erklärte mir, sie sei eingeschlafen. Ich habe mich nicht getraut, ihr zu sagen, daß ich im Treppenhaus diesem Mann begegnet war. Ein Anflug von Wehmut schimmerte in ihrem Blick, sie umfaßte meine Schultern und küßte mich. Sie fragte, was ich am Nachmittag getan hatte und wunderte sich, daß ich allein im Bois de Boulogne spazierenging.

»Du müßtest dir einen Liebsten suchen«, sagte sie. »Weißt du, es gibt nichts Besseres als die Liebe.«

Ich fand, daß sie recht hatte, aber ich traute mich nicht,

ihr zu sagen, daß ich mir auch eine Arbeit suchen mußte. Ich wollte nicht nach Lyon zurück. Wir saßen nebeneinander auf dem Diwan im Salon, sie hatte die Lampe nicht angeknipst. Die Lichter des Gebäudes von gegenüber tauchten uns in ein Halbdunkel. Ihr Arm hielt meine Schultern umfangen, und der Gürtel ihres Bademantels hatte sich gelöst. Sie roch nach einem schweren Parfüm, vielleicht Nachthyazinthe. Ich hätte mich ihr gern anvertraut, aber ich blieb stumm. Niemand wußte, daß wir hier waren. Wir lebten auf betrügerische Weise. Sie war in diese Wohnung eingebrochen. Ich hatte Angst. Ich hätte Lyon nie verlassen dürfen. Ich fühlte mich unwohl in diesem leeren Salon. Die Wohnung war lange nicht benutzt worden, und Diebe hatten die Möbel weggeschleppt. Sie fragte mich, warum ich so besorgt aussähe. Und da habe ich versucht, die richtigen Worte zu finden. Es war sehr freundlich von ihr, mich hierher mitgenommen zu haben, aber ich hatte das Gefühl, ein Eindringling zu sein. Ich hatte mich schon in eine schwierige Lage gebracht, als ich so unüberlegt aus Lyon fortgegangen war, und ich wollte keine Last für sie werden. Würde sie die Wohnungseigentümer darüber informieren, daß sie mich hier aufgenommen hatte? Kannte sie sie wirklich? Um ganz offen zu sprechen, ich fragte mich manchmal, ob wir beide das Recht hatten, hier zu sein, und ich fürchtete, die Besitzer könnten überraschend zurückkommen und uns davonjagen. Sie hat schallend gelacht. Mit ihrer sanften Stimme, mit der Gelassenheit und Unbekümmertheit, um die ich sie beneidete, hat sie meine panische Angst zerstreut. Die Frau, die hier wohnte, sei eine alte Freundin. Eine etwas verrückte Person, die mit einem reichen Pelzhändler verheiratet gewesen sei. Und wenn ich es genau wissen wollte, auch sie, Mireille Maximoff, war eines Tages in Paris gelandet. Mit dem Zug aus Bordeaux. Damals war sie allein und nicht viel älter als ich jetzt. Sie hatte zunächst in einem Hotelzimmer gewohnt, im Quartier Latin, und sie war dieser Frau begegnet, als sie sich, auf eine kleine Annonce hin, für eine Stelle als Verkäuferin im Geschäft ihres Mannes vorgestellt hatte. Diese Frau hatte sie mit allen Leuten in Saint-Germain-des-Prés bekannt gemacht, auch mit ihrem zukünftigen Ehemann Eddy Maximoff. Sie nahm die beiden an den Wochenenden in ihrem amerikanischen Wagen mit nach Montfort l'Amaury oder nach Deauville. Das war ein schönes Leben. Ich hätte wirklich keinen Grund, mir Sorgen zu machen. Diese Frau sei sehr froh, ihr die Wohnung leihen zu können. Da brachte ich genug Mut auf und sagte ihr, daß ich mir dennoch Sorgen um meine Zukunft machte. Was sollte ohne Arbeit in Paris aus mir werden? Eine Weile hat sie mich schweigend angesehen.

»Ich hatte auch Angst«, sagte sie, »als ich nach Paris gekommen bin. Aber die Dinge renken sich irgendwie ein. Du kannst dir gar nicht vorstellen, welches Glück du hast, daß diese Jahre noch vor dir liegen. Und außerdem werde ich dir helfen. Ich kenne Leute in Paris. Und du kannst jederzeit mit mir nach Spanien kommen.«

Ich war beruhigt. Ich spürte, daß sie es gut mit mir meinte. Ich brauchte ihr nur zu vertrauen, und das Leben würde schön sein. Eines Abends sind wir ins Theater gegangen, um ein Mädchen namens Pascale auf der Bühne zu sehen. Das Stück spielte in unserer Zeit, auf einem Schloß in einem Phantasieland, wo eine Reihe eleganter Personen wegen eines Schneesturms festsaß. Alle trugen Kleider aus schwarzem Samt mit großen weißen Kragen, die Frauen sahen aus wie Pagen und die Männer wie Knappen. Hin und wieder erklang Cembalomusik. Der große Salon war von Kandelabern erleuchtet, es gab alte Möbel und Spinnweben aber auch ein Telephon, und im Kerzenlicht rauchten diese Leute Zigaretten und tranken Whisky, während sie vornehm miteinander plauderten. Als wir das Theater verließen, regnete es. Wir, Mireille Maximoff und ich, stiegen in das Auto eines ihrer Freunde. Im Restaurant sollten wir noch andere Freunde treffen, und auch diese Pascale ist viel später zu uns gestoßen. Sie war in Begleitung eines sehr großen, etwa vierzigjährigen Mannes mit blonden Haaren im Bürstenschnitt. Er war Filmregisseur und hatte ein strenges Gesicht, fast wie ein Totenkopf. Er wollte diese Pascale für einen Film engagieren, über den während des Essens alle sprachen. Der Regisseur erzählte die Geschichte, ich verstand nicht viel davon, er gebrauchte kluge Worte, eine Geschichte von mehreren Paaren, die in einem Haus in Portugal zusammenkamen, dann in einem Chalet beim Wintersport und in einem Schloß im Burgund, die Frauen alle schön – sagte der Regisseur –, die Männer alle intelligent, und nach und nach wechselten innerhalb der Paare die Partner, und das Ganze sei, sagte er, »wie geometrische Figuren im Raum«. Ich saß neben Mireille Maximoff, und auch sie schien nicht ganz zu verstehen, was der Regisseur sagte, aber alle hörten ihm ehrfurchtsvoll zu. Dann beschlossen sie, noch irgendwo ein Glas trinken zu gehen, aber es waren immer dieselben Cafés, Le Nuage, La Malène. Und wieder saßen wir im Auto. Niemand sprach mehr. Ich war glücklich über dieses Schweigen. Das Auto fuhr im Regen über die Quais. Die Ampeln und die Lichter beruhigten mich. Ich mochte die

Nacht in Paris, sie besänftigte die Ängste, die nachmittags oft in mir aufstiegen. Ich wäre lieber allein gewesen, dann hätte ich in der frischen Luft die Quais entlangspazieren können.

»Du wirst doch nicht in der Wohnung herumsitzen und Trübsal blasen«, sagte Mireille Maximoff.

Und fast jeden Abend nahm sie mich mit, um all diese Leute zu treffen. Wir saßen bis spät in die Nacht mit ihnen zusammen, und ich hatte Mühe, die Augen offenzuhalten. Lautes Stimmengewirr. Und komisch eingerichtete Restaurants. Kellergewölbe mit Tischen, an denen man bei Kerzenlicht dinierte. Anderswo aß man gegrilltes Fleisch, das vor einem großen Kamin am Spieß gebraten wurde. Kerzenleuchter. Geschliffene Spiegel. Freiliegende Dachbalken. An Abenden mit schönem Wetter, Indianersommer, wie sie sagten, setzten sie sich an die Tische draußen auf dem Trottoir. Dicht aneinandergedrängt. Und immer dieselben Straßen – Bernard-Palissy, Saint-Benoît –, deren Namen Mireille Maximoff den Taxifahrern nannte. Ich begleitete sie in die Wohnungen ihrer Freunde. Sonntag abends gingen wir in ein Atelier in der Nähe des Parc Montsouris. Sie aßen brasilianische Gerichte. Immer so an die zehn Personen. Und während sie redeten, brasilianische Musik. Ich sagte nichts. Ich hielt mich abseits. Oft verließ ich diese abendlichen Treffen, um eine kleine Runde durch das Viertel zu drehen. Ich schlich davon, ohne die Aufmerksamkeit der anderen auf mich zu lenken. Es tat gut, in der freien Luft zu atmen und allein durch die Nacht zu gehen. Ich hatte Lyon verlassen, ich war gerade einem Ort entwischt, wo die Leute zu laut redeten, Leute, die ich nicht kannte, und mein Leben würde eine endlose Flucht sein. Ich war überzeugt, mein

Weg würde den Weg von jemandem kreuzen, der genauso dachte wie ich, am anderen Ende von Paris. An einem Sonntagabend bin ich nicht zurückgekehrt in das Atelier am Parc Montsouris. Unten vor dem Haus hörte ich noch die brasilianische Musik und das Stimmengewirr. Ich bin bis zur Wohnung in der Rue Vineuse gegangen, mitten durch Paris. Ich hatte vor nichts mehr Angst, und am allerwenigsten vor der Zukunft. Die Boulevards und Avenues, die sich vor mir erstreckten, waren leer und die Lichter funkelnder als gewöhnlich. Der Wind rauschte in den Blättern. Und doch hatte ich kein bißchen getrunken. Als ich die Wohnung betrat, war Mireille Maximoff schon zurück, besorgt. Sie fragte mich, warum ich so plötzlich von ihren Freunden weggegangen sei. Ich sagte ihr, daß ich mich nicht sehr wohl fühlte und Lust bekommen hatte, ein wenig zu laufen. Und daß all diese Leute mich einschüchterten. Sie waren älter und intelligenter als ich. Unter ihnen war ich nicht an meinem Platz. Und mein Platz, wo genau war der eigentlich? Ich hatte ihn noch nicht gefunden. Sie strich mir über die Stirn, wie eine große Schwester es getan hätte, aber was ich ihr anvertraut hatte, nahm sie einfach nicht ernst. Schließlich sagte sie:

»Du mußt einen kleinen Knall haben.«

An einem Sonntag hat sie mich zum Mittagessen in ein chinesisches Restaurant im Champs-Élysées-Viertel mitgenommen. Als wir hinkamen, erkannte ich den Typen im Regenmantel, dem ich vor kurzem abends auf der Treppe begegnet war. Er wartete auf uns. Er war in Gesellschaft eines Dunkelhaarigen, der größer war als er, eine Wildlederjacke trug und einen schwarzen Rollkragenpullover. Mireille Maximoff küßte den, den ich schon kannte. Ich versuche wieder auf seinen Namen zu kommen. Er hieß

Walter und dann irgend etwas Italienisches. Der Mann in seiner Begleitung hat uns die Hand geschüttelt und sich vorgestellt: Guy Vincent. Später habe ich erfahren, daß es nicht sein richtiger Name war, und jedesmal machte mich die brüske Art stutzig, mit der er auf Leute zuging, ihnen die Hand hinstreckte und in knappem Ton sagte: Guy Vincent. Heute verstehe ich, daß dieser Name für ihn eine Abwehr war, eine Barriere, die er von Anfang an zwischen sich und den anderen errichten wollte. Aber mir scheint, an jenem Sonntag, als ich ihn zum ersten Mal sah und er mir die Hand drückte, da hat er mir seinen falschen Namen nicht in diesem Ton gesagt. Ich glaube, er hat ihn mir mit einem ironischen Lächeln gesagt, als würden wir bereits ein Geheimnis miteinander teilen.

Guy Vincent saß neben mir auf der Bank. Eine kurze Stille trat ein. Dann beugte Walter sich zu Mireille Maximoff:

»Das ist Guy ... von dem ich dir erzählt habe ...«

Sie hat gelächelt und gesagt, sie freue sich, ihn kennenzulernen. Ich war verschüchtert, wie immer. Ich sprach kein Wort.

Soviel ich verstanden hatte, war dieser Mann, der mir gegenübersaß, Walter, der Freund von Mireille Maximoff, schon seit langem Photograph und oft an gefährlichen Orten unterwegs. Er war sogar in ich weiß nicht mehr welchem Krieg verletzt worden. Er hatte Guy Vincent in einem Café an den Champs-Élysées kennengelernt, das er regelmäßig aufsuchte, wie andere Photographen auch.

Zu Beginn des Mittagessens redete auch Guy Vincent nicht. Mireille Maximoff versuchte die Atmosphäre aufzulockern, indem sie ihm harmlose Fragen stellte, auf die er mit Ja oder Nein antwortete. Walter zeigte mit dem Finger auf mich.

»Und das Mädchen da?«

Guy Vincent hat sich umgedreht und mich neugierig angesehen.

»Ihr ist ein komisches Mißgeschick passiert«, hat Mireille Maximoff gesagt und mir dabei unauffällig zugeblinzelt.

Sie sagte, ich käme aus Lyon. Und dann erzählte sie ihnen die Geschichte mit dem Abitur, ihre eigene Geschichte, die sich vor langer Zeit irgendwo in den Landes ereignet hatte. Der Wecker hatte nicht geklingelt, an einem Montag, um sieben in der Früh. Eigentlich war das nett von ihr. Wahrscheinlich dachte sie, wir stünden einander so nahe, daß unsere Leben miteinander verschmelzen konnten.

Walter hat schallend gelacht.

»Sie haben Glück«, sagte er. »Das Schicksal hat nicht gewollt, daß Sie Ihr Abitur machen.«

Mir war das Ganze ein wenig peinlich. Mireille Maximoff griff nach meiner Hand.

»Ich hoffe, Sie werden nicht versuchen, es nachzuholen«, sagte Walter. »Das ist verlorene Zeit.«

Guy Vincent war stumm geblieben, und in seinem Blick lag nicht mehr bloß Neugier, sondern Besorgnis, so als wollte er meine Gedanken erraten.

»Hat diese Geschichte Sie traurig gemacht?« fragte er im Ton von jemandem, der sich für einen interessiert.

Ich habe zu lächeln versucht.

»Ich sehe das nicht so«, sagte er und drehte sich dabei zu den anderen. »Diese Geschichte mit dem Abitur ist ganz schön ärgerlich für sie ...«

Walter fragte ihn, ob er denn Abitur gemacht habe. Guy Vincent verneinte. Aber er bedaure das. Er erklärte, daß in dem Alter, in dem man sich auf das Abitur vorbereitet, für ihn der Krieg zu Ende gegangen und er mit einer Gruppe von gleichaltrigen Flüchtlingen gerade aus der Schweiz repatriiert worden sei. Sie waren lange in einer Art Internat in Lyon untergebracht, nahmen aber nicht am Unterricht teil. Die meiste Zeit habe man sie mit handwerklichen Arbeiten beschäftigt.

Ich überwand meine Schüchternheit. Ich fragte ihn:

»Sind Sie lange in Lyon geblieben?«

»Nicht sehr lange. Ein halbes Jahr etwa.«

An diesem ersten Tag hatte ich mich jedoch nicht getraut, ihn zu fragen, in welchem Internat genau er in Lyon gewesen war. Für mich gab es keinen Zweifel, ich stellte ihn mir hinter der schwarzen Mauer des Lazaristen-Internats vor.

Als wir das Restaurant verließen, sagte Mireille Maximoff zu mir, sie würde spät nach Hause kommen. Walter küßte mich auf beide Wangen. Er sei froh, mich ein wenig näher kennengelernt zu haben, auch wenn ich mein Abitur nicht bestanden hätte. Sie sind in ein Auto gestiegen, und Mireille Maximoff hat die Scheibe heruntergekurbelt und zum Abschied gewinkt.

Ich war allein mit Guy Vincent. Er hat gefragt, ob ich in dem Viertel wohnte. Ich sagte, die Wohnung liege in der Nähe des Trocadéro, aber ich würde mich in Paris schlecht auskennen und die Entfernungen wären mir noch nicht richtig klar.

»Ich werde Sie ein Stück begleiten. Wenn Sie müde sind, nehmen wir an der Place de l'Étoile die Metro.«

Da hatte ich das Gefühl, eine Bekanntschaft gemacht

zu haben, wie ich sie seit meiner Ankunft in Paris erhoffte. Der Satz, den er in diesem Augenblick gesagt hat, ist mir so deutlich in Erinnerung geblieben, daß ich nach all den Jahren immer noch den Klang seiner Stimme höre. Neulich ging ich am Hafen spazieren, in diesem Land, wo ich nicht oft Gelegenheit habe, mit irgendwem Französisch zu sprechen. Ich war in meine Gedanken versunken. Und wieder hörte ich mit Pariser Akzent sagen: »Wenn Sie müde sind, nehmen wir an der Place de l'Étoile die Metro.« Ich habe mich umgedreht. Aber natürlich war da niemand.

An jenem Sonntagnachmittag schlenderten wir durch das Gedränge der Spaziergänger auf dem rechten Trottoir der Avenue des Champs-Élysées. Sonne. Die Café-Terrassen breiten sich aus bis auf das Trottoir. Wieder ein schöner Indianersommertag, wie die anderen abends im Malène immer sagten. Aber wie lange würde das noch dauern? Wir waren auf der Place de l'Étoile angekommen.

»Sind Sie müde?« fragte Guy Vincent.

Nein, ich war nicht müde.

»Wenn Sie wollen«, sagte ich zu ihm, »können wir auch im Bois de Boulogne spazierengehen.«

An der Porte Dauphine haben wir den Weg zu den Seen eingeschlagen. Jetzt führte ich ihn.

»Sie scheinen den Bois gut zu kennen.«

Das stimmte. Nachmittags war ich oft hierhergekommen. Ich hielt es in der Wohnung in der Rue Vineuse allein nicht aus. Also lief ich weg, so wie ich es auch abends tat bei den Freunden von Mireille Maximoff. Und es bereitete mir jedesmal dasselbe Vergnügen zu verschwinden, ohne ihre Aufmerksamkeit auf mich zu lenken. Sie abzuschütteln.

Wir hatten uns auf eine Bank am Ufer der Seen gesetzt. Ich habe ihn gefragt, ob er manchmal hier spazierenging. Nein. Schon eine Ewigkeit nicht mehr. Er war zehn oder fünfzehn Jahre älter als ich. Bestimmt übte er einen Beruf aus. Er blickte mich an wie kurz zuvor im Restaurant, mit einem aufmerksamen, fast besorgten Ausdruck. Im Grunde wußte auch er nicht genau, was er von mir halten sollte. Er hat mich nach meinem Alter gefragt. Ich wollte mich älter machen, aber es war besser, die Wahrheit zu sagen. Trotzdem habe ich ein Jahr dazugeschlagen. Neunzehn. Er schien überrascht. Er hatte mich auf etwas über zwanzig geschätzt.

Familien gingen in der Allee an uns vorüber, und die Kinder trotteten immer hinterher. Stimmen riefen sie bei ihren Vornamen, klagende, autoritäre Stimmen, die sich allmählich in der Ferne verloren. Jemand hat mehrmals hintereinander »Guy« gerufen, und ich erinnerte mich, daß er ebenfalls Guy hieß. Aber er hatte nicht die geringste Reaktion gezeigt. Ich wußte noch nicht, daß dieser Vorname nicht wirklich seiner war.

»Eigentlich«, habe ich mit unsicherer Stimme gesagt, »suche ich Arbeit.«

Und sehr schnell, so schnell, daß die Worte sich überstürzten, habe ich ihm einen Teil der Wahrheit gestanden: Ich kam aus Lyon, wohnte vorläufig bei Mireille Maximoff und suchte in Paris eine Arbeit.

»Und Ihre Eltern? Was sagen die dazu?«

Die Frage war mir peinlich. Als ich aus Lyon fortgegangen war, hatte ich keinen Gedanken an meine Eltern verschwendet. Nicht aus Gleichgültigkeit, sondern weil ich mich seit langem von ihnen entfernte. Und doch kamen sie in meinen Zukunftsplänen noch vor, wenn mein Leben eine festere Richtung nehmen und ich von diesem Gefühl der Ungewißheit befreit sein würde, das mich jeden Morgen überfiel. Eines Tages würde alles klar und sicher werden in meinem Leben, und ich würde glücklich sein, sie wiederzusehen.

»Sie können nicht mehr viel für mich tun«, habe ich gesagt.

Wir sind noch eine Weile durch die Alleen gegangen, in der Nähe des Pré Catelan. Wir begegneten immer weniger Leuten, und die Alleen wurden zu Waldwegen. Er war es, der sagte, wir sollten umkehren, sonst würden wir uns zum Schluß noch verlaufen. Ich fragte ihn, was für einen Beruf er habe. Nichts Interessantes. Geschäftsreisen zwischen Frankreich und der Schweiz. Mit verschiedenen Partnern zusammen kümmerte er sich mehr oder weniger um eine »Agentur« in Paris. Eine banale Arbeit, eine von denen, die andere Leute langweilen, wenn man davon erzählt. Deshalb habe ich nicht weiter gedrängt.

Gegen Ende des Nachmittags landeten wir dann in einem der Salons de thé des Bois de Boulogne. An einigen Tischen saßen die Familien, die kurz zuvor durch die Alleen am Ufer der Seen spaziert waren. An anderen Tischen unterhielten sich nicht mehr ganz junge Frauen sehr laut miteinander. Er blickte sich um. Ich habe mich gefragt, ob er nicht zum ersten Mal in seinem Leben an so einen Ort kam, genau wie ich.

»Es ist komisch«, sagte er. »Hier tragen die Frauen Persianermäntel.«

Immer diese sanfte, nachdenkliche Art. In der folgenden Zeit hatte ich jedesmal, wenn wir an einem öffentlichen Ort waren, den Eindruck, daß er sich unbehaglich fühlte, als habe er mit niemandem etwas gemein. Wie ein Fremder, der die Sprache eines Landes nicht beherrscht und fürchtet, man könne ihn jeden Augenblick ansprechen. Aber er machte eine gute Figur. Er bewahrte seine Ruhe. Vielleicht dachte er, das kleinste Zögern, die kleinste Verwirrung, die man seinem Gesicht ablesen würde, könnten ihm Unglück bringen. Also zeigte er keine Gefühle und vermied brüske Bewegungen. Er lächelte mit einem abwesenden Lächeln.

»Ich habe vierzehn Frauen in Persianermänteln gezählt. Das können Sie nachprüfen, wenn Sie wollen ...«

Ich spürte ein geheimes Einverständnis zwischen uns. Wir waren hier nicht an unserem Platz, weder er noch ich. Und er, hatte er irgendwo seinen Platz? Wir haben die Metro genommen, bis Étoile. Dann sind wir umgestiegen und bis zur Station Trocadéro gefahren. Er wollte mich nach Hause begleiten. Er ging mit seinem regelmäßigen Schritt neben mir her, und heute sage ich mir, daß nichts diesen Rhythmus hätte ändern können. Es war eine Möglichkeit, keine Aufmerksamkeit auf sich zu lenken. Wenn man zum Beispiel verfolgt wird, darf man sich nie umdrehen. Und jedesmal, wenn einem Gefahr droht, muß man mit unverändert ruhigem Schritt weitergehen. Vor dem Haus in der Rue Vineuse hat er mich gefragt, was ich am Abend vorhätte. Nichts, habe ich gesagt. Heute abend könne er mich wegen einer Verabredung leider nicht zum Essen einladen. Aber morgen, übermorgen, an jedem anderen Tag ... Zur Zeit wohne er im Hotel. Er gab mir die Telephonnummer.

Ich habe ihn am nächsten Tag angerufen, am späten Nachmittag. Ich war allein in der Wohnung. Er hat mir den Weg erklärt. Ich mußte an der Place de l'Étoile umsteigen und anschließend bis zur Station George-V fahren. Dann bat er mich, einen Bleistift zu nehmen, und er beschrieb mir den Weg zum Hotel. Nach dem Klang seiner Stimme zu urteilen, hatte er wirklich Angst, ich könnte mich verlaufen.

Es war ganz in der Nähe des chinesischen Restaurants vom Vortag. Das Hôtel du Berri, in der Rue Frédéric-Bastiat. An der Rezeption fragte ich nach »Monsieur Guy Vincent«. Eine dunkelhaarige Frau in einem strengen Kostüm, an der ich jeden Tag vorbeigegangen bin, und mir ist, als habe es lange gedauert, einen ganzen Abschnitt meines Lebens. Aber wenn ich es mir genau überlege, waren es kaum dreißig Tage.

Ich bin die Treppe hochgestiegen bis in den ersten Stock. Er wartete in der Tür auf mich, als habe er Angst, ich könnte es mir im letzten Augenblick anders überlegen. Ich war auf den ersten Treppenstufen kurz stehengeblieben und versucht gewesen, wieder wegzulaufen.

Ich war so verwirrt, daß ich mich auf die Bettkante setzte. Es war auch ein Sessel da, zwischen den beiden Fenstern, aber er schien mir unerreichbar. Er blieb vor mir stehen.

»Sie haben nasse Haare.«

Auch mein Regenmantel war naß. Als ich aus der Metro getreten war, hatte es geregnet, ein feiner Regen wie so oft in jenem Herbst. Er kam mit einem Handtuch wieder. Er rieb mir vorsichtig die Haare trocken. Dann setzte er sich neben mich auf die Bettkante.

»Sie sollten Ihren Mantel ausziehen …«

Das hatte er mit so dumpfer Stimme gesagt, als redete er mit sich selbst. Mir kam der Gedanke, daß wir beide zusammen das Hotel betreten und wegen des Regens in diesem Zimmer Zuflucht gesucht hatten. Ich bildete mir ein, ich sei erst an diesem Morgen in Paris angekommen. Er habe mich an der Gare de Lyon abgeholt. Das Licht des Lüsters blendete mich, und ich hörte den Regen fallen. Ich wußte nicht, wo genau ich war. Ich wußte nichts von ihm, aber das hatte keinerlei Bedeutung. Er hat den Arm um meine Schultern gelegt, und ich habe ihn geküßt. Meine ganze Angst und meine Schüchternheit waren verschwunden, und es war mir vollkommen gleichgültig, daß er den Lüster brennen ließ, ich hätte gern ein noch grelleres, noch härteres Licht gehabt, um die Schatten zu verjagen. Als ich am nächsten Morgen in die Wohnung in der Rue Vineuse zurückkam, war Mireille Maximoff schon wach. Sie sagte mir, sie habe sich wegen meines Ausbleibens Sorgen gemacht, aber sie stellte mir keine Fragen. Und da erklärte ich ihr, ich hätte Freunde aus Lyon getroffen und der Abend habe länger gedauert als geplant. Während der folgenden Wochen habe ich weitergelogen und mein Geheimnis bis zum Schluß bewahrt. Aber heute frage ich mich, was ich eigentlich hätte sagen können. Diese Dinge sind so banal. Sie passieren jedem. Ich erinnere mich an den Abend, an dem er mir anvertraut hat, daß er nicht Guy Vincent hieß. Er hatte mich in ein Restaurant ausgeführt, ganz in der Nähe des Hotels. Er verließ das Viertel nie. Es hatte ihn überrascht, daß ich aus Lyon stammte. Gleich nach dem Krieg war er für eine Weile in dieser Stadt gewesen, aber nicht lange genug, um mir sagen zu können, wo genau das Internat lag, das sie aufgenommen hatte, ihn und seine Kameraden. Nicht weit von der Saône entfernt. Steile Treppen. Alte Häuser. Erinnerte er sich an eine abschüssige Straße, eine schwarze Mauer, über der hohe Gebäude aufragten? Er konnte es mir nicht bestätigen, aber möglich war es. Dann mußte es wohl das Internat der Lazaristen gewesen sein. Ich glaubte an Zufälle.

Danach war auch er in Paris, in der Gare de Lyon, angekommen. Eines Morgens, um dieselbe Uhrzeit wie ich. Er hatte ungefähr mein Alter. Er hat mir das alles im Hotelzimmer zu erzählen begonnen, unter dem Lüster, den er auch tagsüber brennen ließ. Mit der Zeit habe ich mich daran gewöhnt und glaubte auf naive Weise, dieses reine, helle Licht würde die Nebelschwaden auflösen, die ihn umhüllten. Am Morgen seiner Rückkehr nach Paris erwartete ihn niemand am Bahnhof. Aus dem Viertel, wo er während seiner Kindheit gelebt hatte, waren seine Eltern und seine Freunde verschwunden.

Das alles hatte er mir erzählt, weil ich aus Lyon kam und weil diese Stadt ihn an einen Abschnitt seines Lebens erinnerte, an die Zeit, als er so alt war wie ich. Und weil ich ihn in jener Nacht zum ersten Mal »Guy« genannt hatte, aber ich hatte diesen Vornamen nur widerstrebend ausgesprochen, er verursachte mir Unbehagen, ich fand, er paßte nicht zu ihm. Wahrscheinlich hatte er mein Zögern bemerkt, er hatte gesagt: »Doch, doch ... Du kannst Guy zu mir sagen ...«, und er hatte schallend gelacht. Ich hatte gehört, wie er mehrmals wiederholte: »Guy ... Guy ...«, als wollte auch er sich mit dieser Silbe vertraut machen, und ich hatte ebenfalls laut gelacht. Dann hatte er den Lüster eingeschaltet und mir erklärt, daß Guy Vincent nur ein angenommener Name war. Ich hatte ihn gefragt, ob ich ihn mit seinem richtigen Vornamen anreden könnte. Das wäre sehr nett, aber er wollte es nicht, er hätte sich an »Guy Vincent« gewöhnt. »Guy Vincent« erinnerte ihn an Frische, Frühling und weiße Farbe, es war ein beruhigender Name. Und außerdem schuf er Distanz. Zwischen ihm und den anderen stand immer dieser » Guy Vincent«, wie ein Doppelgänger, wie ein Schutzengel. Und wieder lachte er. Und ich auch. Lachanfälle sind ansteckend, aber war mir wirklich zum Lachen? Unter dem Licht des Lüsters kam mir das Zimmer plötzlich kalt und unbewohnt vor. Ich war mit einem Unbekannten zusammen, der sich hinter der Identität eines anderen versteckte. Mir fiel auf, daß er nie etwas auf dem Nachttisch, auf dem Sessel oder auf dem Teppichboden herumliegen ließ. Kein Kleidungsstück, keine Zigarettenkippe, nicht einmal ein Paar Schuhe. Wenn wir aus dem Zimmer gingen, blieb von unserer kurzen Anwesenheit keine Spur zurück, höchstens das zerwühlte Bett, aber mehr als einmal hatte ich gesehen, wie er hastig das Laken zurechtzog und die Tagesdecke darüberwarf. Eine alte Gewohnheit aus der Internatszeit, hatte er mir gesagt. Seine Anzüge, ein paar Bücher, ein paar andere Dinge und seine Koffer waren in einem großen Raum in der Agentur untergebracht. Hier arbeitete er auch mit seinen »Partnern«. Ich habe ihn mehrere Male dorthin begleitet, immer sehr spät. Die Agentur lag ganz in der Nähe des Hotels, in einem Gebäude an der Rue de Ponthieu. Um diese Uhrzeit war nie jemand da. Ich wartete im Büro auf ihn, während er ein paar Sachen holen ging, die er in eine Reisetasche packte. Danach kehrten wir ins Hotel zurück.

Ein einziges Mal hat er sich unter seinem richtigen Namen vorgestellt. Das war auf einer Reise in die Schweiz. In Lausanne saßen wir in der Eingangshalle eines Hotels in der Avenue d'Ouchy, ohne daß ich noch wüßte warum. Neben uns Frauen und Männer, dem Aussehen nach wohlhabende Bürger. Franzosen, mit etwas Überholt-Altmodischem im Gehabe und etwas leicht Verwelktem in ihrer Kleidung. Aber sie sahen blendend aus, waren braungebrannt. Offensichtlich kannten sie sich alle. Auf einem großen Tisch Bücherstapel. Ein sehr hagerer Mann mit buschigen Augenbrauen und einer Fliege signierte Bücher für die Leute, die vor ihm standen. Die Mitglieder dieser Versammlung musterten uns beide, und in ihren Augen las ich Überraschung und Verlegenheit. Wahrscheinlich dachten sie, daß wir nicht zu ihrer Welt gehörten, und konnten sich unsere Anwesenheit hier zwischen ihnen nicht recht erklären. Ich versuche mir vorzustellen, wie wir aussahen. Vorhin am Hafen, auf der Terrasse eines Cafés, ist mir ein blondes Mädchen neben einem Mann mit Galgenvogelgesicht aufgefallen. Als ich jung war, ähnelte ich diesem Mädchen. Sie hatte weit aufgerissene Augen, war aufmerksam und still. Und der Mann, dem sie zuhörte, erinnerte mich an Guy Vincent, wegen seiner dunklen Haare und der nonchalanten Art, mit der er rauchte oder sich zu trinken einschenkte. Aber Guy – mir bleibt wohl nichts anderes übrig, als ihn bei diesem Namen zu nennen – war viel massiger. Und dennoch hatte er eine anmutige Art zu gehen, mit leichten Schritten, wie auf Zehenspitzen. An jenem Tag in Lausanne, in der Hotelhalle, ist Guy aufgestanden und zwischen all den vornehmen Leuten so hindurchgegangen. Er war verloren in ihrer mondänen Gesellschaft, und ich hatte Angst, er könnte diese Männer und diese Frauen auf seinem Weg anrempeln. Ich war überzeugt, daß er getrunken hatte. Und dann kam er mich holen. Er legte den Arm um meine Schultern und zog mich mit bis zu dem Tisch, wo der Schriftsteller mit der Fliege sein Buch signierte. Er hat sich eines von dem Stapel genommen. Es hieß: *Vivre à Madère.* Dieses Buch habe ich lange besessen, ich habe es verloren, als ich Frankreich verließ. Der Schriftsteller hinter seinem Tisch war von vielen Leuten umringt. Guy hat in dem Buch geblättert. Sich hinuntergebeugt:

»Könnten Sie es mir signieren?«

Der andere hat aufgeschaut. Er hatte kein sehr einnehmendes Gesicht. Seine Fliege war gepunktet.

»Ihr Name?« fragte er schroff.

Und da hat ihm Guy seinen richtigen Namen gesagt. Ich hörte ihn zum ersten Mal: *Alberto Zymbalist.* Der Schriftsteller runzelte die Stirn, als mißfalle ihm der Klang dieses Namens. In herablassendem Ton sagte er:

»Würden Sie mir das buchstabieren?«

Guy hat das aufgeschlagene Buch auf den Tisch gelegt und ihn mit einer Hand an der Schulter gepackt. Der Schriftsteller kam von seinem Stuhl nicht mehr hoch. Guy drückte mit der Hand immer stärker auf seine Schulter, und der andere krümmte sich und sah ihn verblüfft an. Guy buchstabierte ihm seinen Namen. Rings um uns blickten ihn alle beunruhigt an. Sie waren bereit einzugreifen, aber sie zögerten wegen Guys Statur. Der andere mußte sich wohl oder übel entschließen, die Widmung zu schreiben. Schweißperlen traten ihm auf die Stirn. Er hatte Angst. Guy nahm das Buch wieder an sich, drückte jedoch immer noch mit der Hand auf die Schulter des Schriftstellers. Der sah ihn mit hartem Blick und zusammengekniffenen Lippen an.

»Lassen Sie mich nun endlich los, Monsieur?« zischte er.

Guy hat ihn freundlich angelächelt und den Druck seiner Hand gelockert. Der andere ist aufgestanden. Um sich seine Verwirrung nicht anmerken zu lassen, rückte er seine gepunktete Fliege zurecht. Er starrte uns an wie eine Viper. Ich hatte Angst, er könnte die Polizei rufen. Nachdem Guy auf den Buchtitel geschaut hatte, fragte er ihn mit einem Lächeln:

»Ist Madeira schön?«

Ich weiß nicht, ob er getrunken hatte, oder ob er, wie so oft, einen Anfall von Niedergeschlagenheit hatte. In dieser Hotelhalle waren wir so allein wie an dem ersten Tag im Bois de Boulogne, zwischen all den Sonntagsfamilien und den Frauen in ihren Persianermänteln. Aber ich hatte seinen richtigen Namen erfahren. War es wirklich seiner? Offenbar kannte ihn niemand, mit dem er in Paris Umgang pflegte, unter diesem Namen. Bis zu welchem Alter hatte er ihn getragen? Ich traute mich nicht, danach zu fragen.

Eines Nachmittags fuhr er mich mit dem Auto in die Rue Vineuse, weil Mireille Maximoff sich bestimmt Sorgen machte, sie hatte nämlich seit drei Tagen nichts von mir gehört, und ich wollte sie beruhigen. Er sagte:

»Ich werde dir zeigen, wo ich gewohnt habe, als ich ein Knirps war.«

Er sagte »Knirps« mit einem Pariser Akzent.

»Es ist ganz in der Nähe, am Bois de Boulogne.«

Er hat den Wagen am Anfang der Jardins du Ranelagh abgestellt, und die Art, wie er das Wort »Knirps« ausgesprochen hatte, paßte nicht zu diesem Viertel.

Wir gingen durch die Alleen. Die Sonne war verhangen, und alles war in gelbrotes Licht getaucht. Wir gingen über einen Teppich aus dürren Blättern.

»Siehst du, in dem Park da habe ich donnerstags und sonntags immer gespielt ...«

Ich hütete mich davor, ihm Fragen zu stellen. Ich war

noch sehr jung und kannte die Männer schlecht, aber ich hatte sehr schnell begriffen, daß er kein Mann war, der auf Fragen antwortete.

Wir waren in einer Straße ganz am Ende des Parks. Wir machten ein paar Schritte auf dem Trottoir, dann blieb er vor einem Haus stehen, dem ersten in der Straße.

»Hier habe ich gewohnt, im zweiten Stock.«

Er zeigte auf ein Fenster.

» Da war mein Zimmer.«

Er hat das Einfahrtstor aufgestoßen und mich in den Eingang gezogen. Er hat an die Glastür der Pförtnerloge geklopft. Sie ging auf, und ein Mann streckte seinen Glatzkopf durch den Türspalt.

Er sagte zu ihm:

»Ich wollte mich nach Monsieur Carpentier erkundigen.«

Den Namen habe ich mir für alle Fälle gemerkt. Carpentier. Der andere erklärte ihm, daß Monsieur Carpentier schon lange nicht mehr hier war, und zwar seit er ihn in der Loge abgelöst hatte. Guy zuckte mit den Schultern.

»Sie haben nicht zufällig seine Adresse?« fragte er.

»Nein.«

Wieder gingen wir durch die Straße, die Jardins du Ranelagh entlang. Er erklärte mir, Monsieur Carpentier sei früher Concierge in diesem Haus gewesen und er selber habe damals allein mit seinem Vater in einer großen Wohnung gelebt. Sein Vater war Konsul von Peru gewesen. Dann war der Krieg gekommen, und sein Vater war in sein Land zurückgekehrt und hatte ihn allein hiergelassen, unter der Obhut von Monsieur Carpentier. Anscheinend hatte sein Vater ihn vergessen, denn er hatte nie wieder von ihm gehört. Sagte er mir die Wahrheit? An jenem

Nachmittag bat ich ihn, mich auf der Place du Trocadéro abzusetzen. Ich wollte nicht, daß Mireille Maximoff uns zusammen sah. Konsul von Peru. Auch Eddy, Mireille Maximoffs Ehemann, wurde »Konsul« genannt. Das war ein Phantasietitel, den er bekommen hatte, der Spitzname einer Romanfigur, die ihm ähnlich war und wie er zuviel Alkohol trank. Noch Jahre später passierte es, daß ich nachts aufschreckte und bis zum Morgen nicht mehr einschlafen konnte. Und ich drehte und wendete diese quälenden Details in meinem Kopf hin und her. Ich sagte mir: Eines Tages mußt du versuchen, alles, was er dir erzählt hat, nachzuprüfen. Aber schließlich nahm ich wieder Vernunft an und und beruhigte mich. Es hatte keinen Zweck. Es war zu spät.

Konsul von Peru. Der Wind wirbelte die dürren Blätter durch die Alleen mit einem Rauschen, das anschwoll und mein Herz erstarren ließ. Ich war ihm nicht böse, wenn er mich angelogen hatte. Im Grunde genommen waren diese Lügen ein Teil von ihm selbst. Es machte mir nichts aus, wenn sich hinter ihnen nur Leere verbarg. Diese Leere war es auch, die mich zu ihm hinzog. Er hatte oft einen abwesenden Blick. Ich hätte gern gewußt, woran er dachte. Ich versuchte es zu erraten. Ich fand ihn geheimnisvoll, nicht faßbar. Man hörte ihn nicht kommen, wenn er eine Tür öffnete und ins Zimmer trat. Und wenn man neben ihm herging, konnte er von einem Augenblick auf den anderen verschwinden. Mit mir hat er das nie gemacht, aber mit all den anderen, die ich mit ihm zusammen in den Cafés nahe beim Hotel oder im Büro der Agentur gesehen habe. Sie machten untereinander sogar Witze darüber. Manchmal streikt mein Gedächtnis, aber ich erinnere mich an jene Reise in die Schweiz, wo er sich in Genf, in der Eingangshalle des Hôtel du Rhône, mit komischen Typen traf. Wir waren mit dem Auto durch Annemasse gefahren, bevor wir die Grenze überquerten. Ein Sonntag. Die Nacht brach herein. Die Straßen von Annemasse waren wegen eines Umzugs und einer Blaskapelle, die durch die Stadt marschierte, blockiert. Wir hatten einen Lachanfall bekommen, als die Blaskapelle die Melodie von *Viens Poupoule* spielte. Die Musik hatte sich entfernt, war schließlich verklungen, und bald war niemand mehr auf den Straßen. An der Grenze hatten die Zollbeamten nicht einmal unsere Pässe sehen wollen. Da hat er mir erzählt, daß er mit sechzehn, während des Krieges, zweimal versucht habe, in die Schweiz zu gelangen. Jedesmal war er illegal über die Grenze gegangen, aber bei seinem ersten Versuch hatten die Schweizer Zollbeamten ihn verhaftet und den französischen Gendarmen übergeben. Da er schon damals dieselbe Statur und dasselbe Gewicht besaß, hatten sie es für klüger gehalten, ihm Handschellen anzulegen, um ihn nach Annemasse zurückzuschaffen. Das hatte er nie vergessen können, und seit jener Zeit trug er in seinen Träumen Handschellen, lief stundenlag umher und fuhr endlose Strecken mit der Metro auf der Suche nach jemandem, der den Schlüssel hatte und sie ihm abnehmen konnte. Später, in Annemasse, hatte ihn einer der Gendarmen entwischen lassen. Er hatte ein zweites Mal versucht, die Grenze zu überschreiten, und es war ihm gelungen. In Genf habe er lange nach dem peruanischen Konsulat gesucht, es aber nicht gefunden.

Wir wohnten im Hôtel du Rhône, und seine Verabredungen hatte er immer nachmittags in der Hotelhalle. Oft dauerten sie bis zur Abendessenszeit. Er hatte Angst, ich könnte mich langweilen. Aus einer Reisetasche holte er ein Bündel Geldscheine hervor und drückte es mir in die Hand. Er sagte, ich solle in die Geschäfte gehen und mir Schuhe, Uhren, Schmuck kaufen. Auch wenn ich immer wieder ablehnte und ihm erklärte, ich könne sehr gut auf dem Zimmer bleiben und lesen, ließ er nicht locker. Als er in meinem Alter das erste Mal durch Genf geschlendert war, sei er geblendet gewesen durch die Schaufenster und Lichter. Er hätte alles kaufen wollen, und am liebsten Schuhe. Es sei ein Vergnügen mit neuen Schuhen umherzulaufen, in denen man nicht naß wird. Ich sollte die Gelegenheit nutzen. Das Leben ist so kurz. Am Ende überzeugte er mich. Ich verließ das Hotel, überquerte die Brücke, ging die Rue du Rhône hinunter. Aber ich traute mich nicht in die Geschäfte. Am ersten Tag war es neblig, und ich hatte Angst, es könnte schneien. Ich ging am Quai entlang. Ich hatte den Eindruck, ganz allein in einer unbekannten Stadt zu sein. Bestimmt hatte auch er dieses Gefühl von Einsamkeit gespürt, als er zum ersten Mal hierher gekommen war. Am Ende einer breiten Avenue sah ich den Bahnhof. Vielleicht wäre es besser gewesen, einen Zug nach Paris zu nehmen und zu Mireille Maximoff zu fahren. Und ihr alles zu erklären. Welchen Rat hätte sie mir gegeben? Ich bin in eine kleine Straße gebogen, wo ich auf ein Kino stieß. Um diese Uhrzeit war ich allein im Zuschauerraum. Es wurde ein Zeichentrickfilm gezeigt.

An den anderen Tagen ist die Sonne wieder hervorgekommen. Man hätte meinen können, es wäre noch immer Indianersommer – wie die anderen in Paris sagten. Ich habe mir dann doch eine Uhr gekauft. Und auch ein Paar Schuhe. Ich hatte keine Lust mehr, die dunkelblauen zu tragen, die der Scheißkerl aus dem Modesalon mich hatte ausziehen lassen.

Ich bat ihn um die Erlaubnis, in der Hotelhalle bleiben zu dürfen, abseits, während er seine Verabredungen hatte. Ich beobachtete ihn unauffällig. Ich fragte mich, was das für Leute sein mochten, die um ihn herumsaßen. Immer dieselben. Zumeist Algerier. Alle trugen sie lederne Aktentaschen, außer einem, der mir wegen seines Lächelns und seines marineblauen Regenmantels aufgefallen war. Gegen Ende seiner Unterredungen holte er mich manchmal hinten in der Hotelhalle ab und ich durfte mich zu ihnen setzen.

Ich glaube, sie redeten leise über Geld. Sie waren sehr höflich zu mir. Ich hätte gern mehr darüber gewußt, aber ich habe mich nie in Dinge eingemischt, die mich nichts angehen. Am Abend aßen wir in einem italienischen Restaurant, in Begleitung von zwei Männern, die in Paris mit ihm arbeiteten. Ein Dicker im selben Alter wie er, freundlich, immer außer Atem, er arbeitete in der Agentur. Der andere war ungefähr fünfzig, ein sehr eleganter Mann, der Französisch mit einem leichten Akzent sprach, die pechschwarzen Haare glatt nach hinten gekämmt. Auch er war immer höflich, aber er schüchterte mich ein. Manchmal blickte er einen durchdringend an. In Paris hatte er eine Wohnung in der Rue d'Artois, ganz in der Nähe des Hotels. Ich müßte versuchen, wieder auf ihre Namen zu kommen. Das würde meine leeren Nachmittage ausfüllen. Richtig, eines Nachmittags sind Guy und ich durch Genf spaziert. Er hat mir einen Ort gezeigt, wo er während seines ersten Aufenthalts in dieser Stadt oft Zuflucht gesucht hatte. Der Square du Rhône. Man ging durch eine Toreinfahrt und landete in einem großen, von Häusern umgebenen Park. Und niemand war da. Mitten im Park, ein paar Bänke unter schattigen Bäumen. Hier hatte er sich zum ersten Mal an dem Tag hingesetzt, an dem er begriffen hatte, daß er das peruanische Konsulat nie finden würde. Nachts in Paris, im Hotelzimmer, ließ er den Lüster immer brennen. Er litt an Schlaflosigkeit. Das Viertel ums Hotel verließ er nie. Wir waren oft allein. Nachmittags begleitete ich ihn in die Agentur. Ich saß irgendwo in einer Ecke, wie im Hôtel du Rhône. Während ich auf ihn wartete, las ich in einer Zeitschrift, und er sprach mit dem Dicken, der leicht außer Atem geriet. Sie telephonierten ununterbrochen. Der Dicke saß in einem Ledersessel und er auf der Schreibtischkante. Sie reichten einander den Telephonhörer. Oder der Dicke telephonierte allein, und er nahm den zweiten, kleinen Hörer. Manchmal war auch der elegante Mann mit den schwarzen Haaren da, und der Dicke überließ ihm seinen Platz hinter dem Schreibtisch.

Guy verschwand in dem Raum, wo seine Kleider und Koffer verstaut waren, und kam dann zu mir, während die anderen sich an Hörer und Telephon abwechselten. Er gab mir ein Bündel Geldscheine. Wie in Genf. Er lächelte. Er sagte, ich solle nicht hierbleiben und auf ihn warten. Das sei langweilig. Ich müßte in Geschäfte gehen und mir Kleider, Mäntel kaufen. Ja, natürlich, der Winter stehe vor der Tür, und ich hätte nicht einmal einen Mantel. Ich sei wirklich ein komisches Mädchen, sagte er, ein Wirrkopf, und es wäre besser, wenn ich auf ihn hörte. Schnell, einen warmen Mantel für den Winter.

Also verließ ich die Agentur und ging die Rue du Faubourg-Saint-Honoré hinunter, traute mich aber nicht, die Läden zu betreten. Wie in Genf. Eines Nachmittags habe ich mir aber doch einen Regenmantel und ein zweites Paar Schuhe gekauft.

Nachts im Hotelzimmer stellte er mir Fragen über meine Kindheit und meine Familie. Aber genau wie er verwischte ich die Spuren. Ich sagte mir, ein so einfaches Mädchen wie ich, das nur einen Namen hatte und auch nur einen Vornamen und das aus Lyon kam, konnte ihn nicht wirklich interessieren.

An einem Montag sollte ich ihn wie gewöhnlich treffen. Es war im November. Die Nacht brach früh herein. Und doch glaube ich, daß es noch hell war, als ich in die Rue Frédéric-Bastfiat kam. Mir fielen zwei schwarze Autos auf, die vor dem Hotel parkten, und eine Gruppe von Männern auf dem gegenüberliegenden Trottoir, die wie Polizisten aussahen. Ich bin hineingegangen. Die Frau stand hinter dem Rezeptionspult, aber vorne lehnte der Algerier im blauen Regenmantel, den ich schon in Genf gesehen hatte.

Auch er hat mich erkannt. Es schien ihm peinlich zu sein. Ich frage mich noch immer, welche Rolle er spielte.

Mit barscher Stimme sagte er:

»Sie brauchen nicht hinaufgehen. Es ist niemand mehr da.«

Ich wollte dennoch hinaufgehen. Er hat mir den Weg versperrt. Und wiederholt:

»Es ist niemand mehr da.«

Die Frau hinter der Rezeption rührte sich nicht. Sie hatte weit aufgerissene Augen, aber keinen Blick mehr. Er hat mich sanft hinausgeschoben. Er hat leise gesagt:

»Gehen Sie schnell weg. Die wissen noch nicht, wer Sie sind. Vorläufig sind Sie nur ein *nicht identifiziertes* blondes Mädchen.«

Seine Worte überstürzten sich, er wollte mir noch etwas sagen, aber er hatte keine Zeit mehr. Ich blieb wie betäubt auf dem Trottoir stehen. Ich bin über die Straße gegangen. Auf die Gruppe der Männer zu. Ich habe einen von ihnen gefragt, was in dem Hotel geschehen sei. Er antwortete:

»Ich weiß nicht, wovon Sie reden, Mademoiselle.«

Sie blickten mich mit ihren kalten Augen an. Wenn ich neben ihnen stehenbliebe, würden sie mir Handschellen anlegen. Und doch hätte ich am liebsten geschrien, sie angebrüllt, damit sie mir endlich die Wahrheit sagten.

Ich bin ziellos durch die Straßen des Viertels gelaufen. Rue d'Artois. Rue de Berri. Rue de Ponthieu. Ich bin an der Agentur vorbeigegangen. Es war Nacht. Ich bin noch einmal am Hotel vorbeigegangen. Sie waren immer noch da, die ganze Gruppe, auf dem Trottoir. Und die beiden Autos hatten sich nicht von der Stelle gerührt. Er war tot. Oder sie hatten ihn mitgenommen und ihm dazu Handschellen angelegt. Im Zimmer ließ er nachts immer das Licht brennen.

Ich glaube, es war am nächsten Tag. Ich hatte mein Zimmer in der Rue Vineuse nicht verlassen. Ich hatte zu Mireille Maximoff gesagt, ich sei krank. Am Abend wollte sie mit Walter essen gehen. Ich dachte, daß er vielleicht etwas wüßte. Ich habe sie gefragt, ob ich mitkommen könnte. Ich hatte Angst, sie würde mich in das chinesische Restaurant mitnehmen, aber dann ist jemand in einem dicken Schlitten uns abholen gekommen, und wir sind lange gefahren, in ein Viertel, das ich nicht kannte. In der Brasserie saß ich Mireille Maximoff und Walter gegenüber. Im Spiegel sah ich mein Gesicht – eine Ertrunkene. Auch die anderen mußten es bemerken. Jemand hat mir ein Glas Wein eingeschenkt, aber ich bekam nichts hinunter. Sie redeten, und ich hatte Angst umzukippen, ich zwang mich, ihnen zuzuhören, ich versuchte, nicht loszulassen, mich an ihren Worten und ihren Lippenbewegungen festzuklammern. Walter sagte, er wolle eine Reportage machen über Leute, die in Paris verschwanden. Er würde versuchen, nachts auf den Kommissariaten Photos zu machen. Sie würden nichts bemerken. Im Depôt der Polizeipräfektur. In den Verwahrungsstellen. Im Leichenschauhaus.

Mir war übel. Ich bin aufgestanden, immer mit dieser Angst umzukippen. Ich bin die Treppe zu den Toiletten hinuntergegangen. Ich mußte mich übergeben. Ich wollte nicht wieder zu den anderen hinauf. Ich wollte das Restaurant heimlich verlassen und allein durch die Straßen gehen. Ich suchte einen Notausgang. Wie der Algerier gesagt hatte: Noch war ich eine *nicht identifizierte* junge blonde Frau. Von Mädchen, die man aus den Wassern der Saône oder der Seine gefischt hat, heißt es oft, sie wären unbekannt oder nicht identifiziert. Ich hoffe, das für immer zu bleiben.

2

Ich bin in Annecy geboren. Mein Vater starb, als ich drei war, und meine Mutter ist zu einem Metzger aus der Umgebung gezogen. Danach stand ich nicht mehr auf sehr gutem Fuß mit ihr. Manchmal besuchte ich die beiden, sie und ihren neuen Ehemann, aber ich spürte eine Verlegenheit zwischen uns. Ich glaube, ich weckte unangenehme Erinnerungen in ihr. Sie war eine harte und jähzornige Frau, kein bißchen sentimental wie ich. Ihre Wutanfälle machten mir angst. Sie hatte Schaum vor dem Mund und kreischte mit ihrem Akzent aus dem Norden. Sie waren ein komisches Paar. Wegen seines kurzen Bürstenschnitts und der hohlen Wangen sah er aus wie manche Priester, wenn sie streng dreinblicken und herauszufinden versuchen, welche Sünden man begangen hat. Mir war aufgefallen, daß meine Mutter unter dem Einfluß dieses Mannes immer maskuliner wurde. Zwischen ihnen gab es keine Liebe, sondern eher eine Beziehung wie zwischen Regimentskameraden oder zwischen einem Pfarrer und seiner Haushälterin. Übrigens haben sie nie Kinder bekommen. War sie in meinen Vater verliebt gewesen? Auf jeden Fall hätte man meinen können, die Liebe interessiere sie nicht, ekle sie sogar an und meine Geburt sei in ihrem Leben nur ein Unfall gewesen.

Meine Tante, die Schwester meiner Mutter, hat sich in meiner Kindheit ein wenig um mich gekümmert. Auch sie war keine sentimentale Person. Männern traute sie nicht über den Weg. Sie traute niemandem über den Weg. Auch mir nicht. Ich muß zugeben, daß wir keine sehr enge Beziehung hatten. Sie hat genausowenig für mich gezählt wie meine Mutter.

Die Erinnerungen, die ich an meine Kindheit habe, sind weder gut noch schlecht. Ich glaube, wenn mein Vater länger gelebt hätte, hätte ich mich gut mit ihm verstanden und alles wäre anders geworden. Man hat mir erzählt, er sei ein »Hitzkopf« gewesen, und ich habe lange gebraucht, bis ich verstand, was das heißen sollte.

Mit fünf bin ich in die École Sainte-Anne gekommen, in der Nähe von Les Marquisats. Meine Tante wohnte in Veyrier-du-Lac. Sie arbeitete in den Villen reicher Leute in Veyrier, in Talloires. Sie putzte, kaufte ein und kochte. Als ganz junge Frau war sie in einem Hotel von Annecy, nicht weit vom Casino, angestellt gewesen, und mit dem Hotelwirt stand sie auch später auf gutem Fuß. Er unterstützte sie finanziell, wenn sie in Schwierigkeiten steckte. Sie war eine Frau, die sich zu helfen wußte.

In der École Sainte-Anne war ich immer Klassenbeste, und die Direktorin hat meiner Tante geraten, mich am Mädchengymnasium anzumelden, damit ich mein Abitur machen könnte. In Französisch war ich so gut, daß sie meinte, ich würde es »weit bringen«. Aber meine Tante hat nicht auf diese Ratschläge gehört. Sie hat mich zu den Nonnen ins Internat gegeben, etwa zwanzig Kilometer entfernt, an der Route du Grand-Bornand. Nicht mit dem

Ziel, mir Disziplin beizubringen, sondern weil sie mich ganz einfach loswerden wollte. Ich war zwölf.

Meine Mutter hat mir nie angeboten, in ihrem Haus zu leben. Ihr Mann, der Metzger, auch nicht. Die wenigen Male, die ich sie besucht habe, verstörte mich der strenge Blick, mit dem er mich ansah. Später habe ich begriffen, daß dieser Blick nicht mir im besonderen galt, sondern allen Frauen. Dieser Kerl betrachtete die Frauen als das Böse, und wahrscheinlich war es ihm gelungen, auch meine Mutter davon zu überzeugen. Ich habe das Gefühl, er wünschte sich, sie wäre ein Mann.

Ich weiß nicht, was ein Familienleben ist. Und um ehrlich zu sein, ich glaube, so ein Leben hätte mir auch nicht gefallen. Ich war zu unabhängig. Und oft wollte ich am liebsten allein sein. Ich hätte das nie ertragen, diese Sonntagsessen in der Familie, die Geschwister, die Cousins, die Mütter, die Kommunionsessen, die Geburtstage, Weihnachten … Nur eines hätte mir wirklich gefallen, allein mit meinem Vater zu leben, wenn ich ihn nicht verloren hätte. Er zumindest hätte mich am Gymnasium angemeldet, und ich hätte mein Abitur gemacht.

Im Internat war die Disziplin strenger als an der École Sainte Anne. Ich habe beide Schlafsäle erlebt, den für die Kleinen und den für die Großen. Die Schwester löschte um neun das Licht, und die Nachtlampen an der Decke verströmten einen blauen Schimmer. Ich hätte lieber im Finstern gelegen.

Morgens um Viertel nach sechs wurden wir geweckt. Wir wuschen uns schnell an den langen Waschtischen, die Viehtränken glichen. Sich auszuziehen war verboten. Man mußte seinen Körper vor den anderen und vor sich selbst verstecken wie etwas Schändliches. Ich habe nie verstanden warum, und übrigens habe ich es auch gar nie versucht.

Nach dem Aufstehen und Waschen gingen wir in die Kapelle. Dann in den Studiersaal, eine Stunde. Anschließend Frühstück im Refektorium. Milchkaffee ohne Zucker und Brot ohne Butter. Nur ein wenig Marmelade. Zurück in den Studiersaal. Dann eine Pause um elf. Unterricht. Mittagessen. Pause. Wieder Unterricht. Pause und Nachmittagsimbiß, eine Scheibe Brot und ein Stück schwarze Schokolade. Selbstbeschäftigung im Studiersaal. Zum Abendessen gab es immer nur ein Gericht, »Polinte«. Nie Fleisch. Kapelle. Schlafengehen. Und am nächsten Tag begann alles von vorne.

Jeden zweiten Donnerstagnachmittag machten wir eine kleine Wanderung in der Umgebung des Dorfes. Oder wir blieben in der Arbeitsstube, um Näh- und Stopfarbeiten zu machen ... Meine einzige Verbindung zur Welt war ein kleines Transistorradio, das ich mir von meiner Tante geliehen hatte und das ich verstecken mußte. Ich schaltete es abends im Schlafsaal ein und nach dem Mittagessen, während der Pause, in einem einsamen Winkel des Schulhofs.

In dem April, in dem ich fünfzehn war, glaubte man zwei oder drei Tage lang, den Nachrichtensendungen zufolge, die ich auf meinem Transistor empfangen konnte, die in Algerien stationierten Fallschirmjäger würden über Frankreich abspringen. Damals habe ich gehofft, ein Bürgerkrieg würde ausbrechen. Die Erwachsenen hätten keine Macht mehr über uns gehabt, und ich wollte das Durcheinander nutzen und weglaufen. Leider ist am darauffolgenden Sonntag alles wieder in Ordnung gekommen.

Während der Internatsjahre haben die Menschen, die meinen Weg kreuzten, keine Erinnerung in mir hinterlassen. Und das, obwohl ich, seit ich vierzehn war, immer der großen Liebe begegnen wollte. Aber niemand hat mein Herz heftiger schlagen lassen in diesen Jahren. Ich habe sie in einem Nebel durchschritten, der alle Gesichter und alle Einzelheiten meines Lebens auslöscht. So gründlich, daß ich mich frage, ob nicht alles ein Traum war. Ein Traum wie jene anderen, die mich oft heimsuchen und in denen ich wieder unter den blauen Nachtlampen des Schlafsaals liege.

Am Sonntagabend wartete ich immer auf den Bus, der mich ins Internat zurückbrachte. Die Haltestelle war an der großen Platane vor dem Gemeindeamt von Veyrier-du-Lac. Ich erinnere mich nur an Sonntagabende im Herbst oder Winter. Es war schon dunkel. Ich stieg in den Bus, und die Plätze waren schon ab Annecy alle besetzt. Viele Fahrgäste standen eng aneinandergedrängt im Mittelgang. Bauern, die nach einem in der Stadt verbrachten Sonntag nach Hause fuhren. Soldaten auf Urlaub. Kinder. Hunde. Auch ich blieb stehen, gleich hinter dem Fahrer. Der Bus setzte sich in Bewegung. Er fuhr langsam. Rechterhand vor der Kurve, ein wenig unterhalb der Straße, das Gartentor der Villa des Tilleuls, wo meine Tante einen Sommer lang bei Amerikanern gearbeitet hatte, die hier Urlaub machten. Und dann, sobald der Bus in die Straße zum Col de Bluffy gebogen war, zeichnete sich das Schloß von Menthon-Saint-Bernard auf einem Berggipfel scharf ab, wie die Schlösser in den Märchen. Wir fuhren an dem kleinen Friedhof von Alex vorbei. Dann am Ehrenmal für die Helden von Glières und an ihren Gräbern. Man hatte mir erzählt, mein Vater habe mit ihnen zusammen auf dem Plateau gegen die Boches gekämpft. Ich glaube, auch er war ein Held, auch wenn er nicht während des Krieges, sondern erst einige Jahre danach gestorben ist.

Der Bus blieb auf dem Dorfplatz stehen, und ich mußte die Straße noch ein paar hundert Meter zu Fuß weitergehen. Ich war allein. Nie fuhr eines der Mädchen mit mir im Bus. Sie wohnten alle in den Dörfern der Umgebung. Außer Sylvie, die in Annecy wohnte und mit der ich auch später befreundet geblieben bin, als sie eine Arbeit in der Präfektur gefunden hatte. Aber ihre Eltern brachten sie mit dem Auto zurück.

Ich lief die Straße entlang, und oft hatte ich Lust auszureißen. Ich brauchte mich nur umzudrehen und am Dorfplatz auf den Bus zu warten, der abends um neun wieder nach Annecy zurückfuhr. Die Straße in umgekehrter Richtung. Gegen halb zehn wäre ich in Annecy an der Endstation angekommen, Place de la Gare. Aber dann? Natürlich, wenn ich Geld gehabt hätte ... Mit Geld wäre ich nicht in Annecy geblieben. Gleich nachdem ich aus dem Bus gestiegen wäre, hätte ich mir eine Fahrkarte nach Paris gekauft und auf den Nachtzug gewartet. Aber noch traute ich mich nicht, den großen Sprung zu machen. Und so stand ich wieder mit den anderen in der Kapelle, für die Sonntagabendandacht.

Meine Banknachbarin in der Klasse war ein blondes Mädchen, dessen Vater eine Apotheke in Cruseilles hatte. Ich glaube, sie war in diesem Internat genauso unglücklich wie ich. Ich lieh ihr manchmal mein Transistorradio. Wir hatten auf dem Schulhof miteinander gesprochen, obwohl Gespräche zu zweit verboten waren. Man mußte sich allein beschäftigen oder in der Gruppe bleiben. Regen fiel, ein endloser Regen, der die fünf Schneemonate ankündigte, in denen ich mich noch eingesperrter fühlen würde. Dieses Mädchen aus Cruseilles hatte aus der Apotheke ihrer Eltern zwei Röhrchen eines Schlafmittels gestohlen, das Imménoctal hieß. Sie hat mir eins davon gegeben. Wenn man sich umbringen wolle, hat sie mir erklärt, bräuchte man nur alle Tabletten zu schlucken. Und es sei gut, dieses Röhrchen immer bei sich zu tragen. »Auf diese Weise«, hat sie gesagt, »IST MAN HERR ÜBER SEIN LEBEN UND SEINEN TOD.« Und niemand kann einem mehr etwas anhaben. Nichts mehr ist wirklich von Bedeutung. Man ist niemandem mehr Rechenschaft schuldig. Man ist frei. Und sie hatte recht. Von dem Augenblick an, wo ich dieses Röhrchen Imménoctal bei mir trug, fühlte ich mich leichter und gleichgültiger gegenüber der Internatsdisziplin und allem, was die Schwestern sagten.

Das blonde Mädchen aus Cruseilles ist eines schönen Tages verschwunden. Es hieß, sie sei von der Schule verwiesen worden, weil die Schwestern in ihrem Nachttisch »verbotene« Bücher gefunden hatten. Ich wußte, daß sie im Schlafsaal las, mit einer winzigen Taschenlampe. Von da an klaffte in der Klasse ein Loch neben mir. Aber bis heute habe ich das Röhrchen mit den Schlaftabletten aufbewahrt, das sie mir gegeben hatte, und manchmal bereue ich, sie nicht alle auf einmal geschluckt zu haben.

Ich verbrachte die großen Ferien bei meiner Tante in Veyrier-du-Lac. Ich half ihr in den Villen der Umgebung beim Putzen und Einkaufen. Dafür gab sie mir ein bißchen Taschengeld. Mit vierzehn, fünfzehn wirkte ich älter, als ich war. Eines Nachmittags arbeiteten wir, meine Tante und ich, in der Villa eines Pariser Anwalts, der jeden Sommer nach Chavoires kam, und er hatte mit seiner tiefen Stimme gesagt: »Ihre Nichte ist schön wie das junge Leben.« Er war dagestanden und hatte mich angelächelt, in seiner Bibliothek, die weißen Haare mit den graublauen Wellen nach hinten gekämmt. Schön wie das junge Leben. Ich wußte nicht, was das heißen sollte, und es machte mir angst. Dieselbe Angst wie damals, als ich gehört hatte, mein Vater sei ein »Hitzkopf«.

In den Villen sprachen die Jungen und Mädchen in meinem Alter mich manchmal an. Aber ich spürte einen Abstand zwischen uns. Großbürger, Söhne und Töchter aus gutem Hause. Sie kamen aus Lyon, seltener aus Paris. Andere wiederum stammten aus der Gegend. Sie besuchten den Strand des Sportklubs von Annecy, die Tennisplätze, die Segelschule von Les Marquisats. Sie organisierten Partys. Sie trugen Tenniskleidung, in die Stirn fallende Haarsträhnen, Mokassins, Blazer. Eigentlich sah ich sie nur aus der Ferne.

In dem Sommer, als ich sechzehn war, haben wir in einer großen Villa in Talloires gearbeitet. Am Abend bedienten wir bei Tisch, meine Tante und ich. Monsieur und seine Frau empfingen viele Gäste. Nachmittags fuhren sie zum Golfspielen nach Aix-les-Bains. Die Frau war eine vornehme Blondine. Sie hatten vier Kinder, zwei Töchter in ungefähr meinem Alter, einen neunzehnjährigen Sohn und einen anderen, fünfundzwanzigjährigen, der seinen Militärdienst in Algerien ableistete.

In jenem Sommer war er für einen längeren Urlaub nach Talloires gekommen. Ein Blonder mit einer in die

Stirn fallenden Haarsträhne und einem Gesicht, das meine Freundin Sylvie »romantisch« gefunden hätte. Er setzte oft eine verträumte oder gequälte Miene auf, aber seinen Bruder oder seine Schwestern kommandierte er mit autoritärer Stimme herum, weckte sie früh am Morgen, um mit ihnen Tennis zu spielen oder in den Segelklub nach Les Marquisats zu fahren. Morgens organisierten die beiden Brüder im Park der Villa sogenannte Liegestütz-Wettbewerbe. Es ging darum, wer länger durchhielt, wenn sie, den Körper in horizontaler Lage auf dem Rasen, die Arme anwinkelten und durchstreckten. Ich machte sein Bett und räumte sein Zimmer auf, und ich hatte auf seinem Nachttisch ein Buch bemerkt, an dessen Titel ich mich noch erinnere: *Comme le temps passe* ...

An der Wand neben dem Bett ein großes Photo seiner Mutter, und auf seinem Schreibtisch ein Dolch in einer ledernen Scheide.

Ich hatte ihn oft Tennis spielen sehen und jedesmal mit einem anderen Mädchen. Mir fiel auf, daß er offensichtlich der Liebling seiner Mutter war und daß auch er sehr große Zuneigung für sie empfand.

Zu mir war er herablassend. Eines Abends hatte er mich in schroffem Ton gebeten, ihm einen Orangensaft zu bringen. Eines Morgens, etwas freundlicher, aber so, als ob die Sache ganz selbstverständlich wäre, ihm seine Mokassins zu putzen. An einem anderen Tag hatte er gesagt: »Wenn Sie Mama sehen, sagen Sie ihr doch, daß ich den Abend in Genf verbringe ...« Es war das erste Mal, daß ich jemanden auf diese Weise »Mama« sagen hörte. Wenn ich mit jemandem über meine Mutter gesprochen hätte, dann hätte ich einfach gesagt: meine Mutter.

Eines Abends gegen neun war ich auf einmal mit ihm

allein. Ich stand in der Küche der Villa und machte gerade den Abwasch fertig. Er sagte:

»Ich hätte gern, daß Sie mir einen Whisky in den Salon bringen ...«

Ich richtete das Tablett her mit Flasche, Perrier, Eiswürfeln, Glas.

Im Salon verbreitete die Lampe ein Dämmerlicht. Er saß auf dem Kanapee. Ich habe das Tablett auf den niedrigen, langen Tisch gestellt. Ich spürte seinen Blick auf mir. Er wirkte verlegen, beinahe schüchtern:

»Wie alt bist du?«

Er hatte das ganz plötzlich gefragt. Ich antwortete: sechzehn. Dann war es eine Weile still.

»Hast du einen Freund?«

Ich antwortete: nein. Er trank einen Schluck Whisky, da, vor mir. Ich blieb stehen.

»In deinem Alter hatte ich einen Haufen Freundinnen ...«

Sein Ton war arrogant, als wollte er mir eine Lektion erteilen. Ich wäre am liebsten aus dem Salon gegangen. Mit schneidender Stimme sagte er:

»Du bist ein hübsches Mädchen, weißt du ...«

Dann verzog er krampfhaft das Gesicht und sagte sehr schnell:

»Würden Sie mit in mein Zimmer kommen?«

Ich weiß nicht, warum ich mitgegangen bin. Er hat die Nachttischlampe angezündet, die Hände auf meine Schultern gelegt und mich auf die Bettkante niedergedrückt. Dann küßte er mich. Ein langer, sehr bemühter Kuß, solche hatte ich mit ungefähr dreizehn von Jungen bekommen, wenn sie auf die Uhr schauten und wir zu mehreren Der-Kuß-der-am-längsten-dauert spielten. Es wunderte mich etwas, daß er mir in seinem Alter so einen Kuß gab. Mit einer brüsken Bewegung warf er mich nach hinten auf das Bett und legte sich neben mich. Wieder küßte er mich auf den Mund, immer noch in dieser Art von Der-Kuß-der-am-längsten-dauert. Dann rückte er ein wenig von mir ab. Wir lagen einfach so da, nebeneinander. Ich traute mich nicht aufzustehen. Er hat sich eine Zigarette angezündet. Er wirkte nervös. Er hat mir auch eine angeboten. Ich habe abgelehnt. Er fragte:

»Bist du noch ein richtiges Mädchen?«

Was war das, ein richtiges Mädchen? Ich gab keine Antwort.

»Ich meine ... bist du Jungfrau?«

Das fragte er mich auf dieselbe kalte und eindringliche Art wie ein Arzt. Ich antwortete, daß ich es nicht wüßte. Ich habe den Kopf weggedreht. Mein Blick fiel auf das Photo seiner Mutter.

Dann hat er sich auf mich gelegt. Ich glaubte, er würde mich ersticken. Er rieb sich an mir, und da er sich nicht ausgezogen hatte, passierte gar nichts. Wieder ein Kuß-der-am-längsten-dauert. Das Ganze ließ mich eiskalt. Ich spürte, daß er selbst nicht richtig bei der Sache war, und ich hatte immer die Frage im Kopf, die er mir in diesem Arzt-, aber auch Pfarrerston gestellt hatte. Ich fragte mich, ob er sich auch bei den anderen Mädchen, denen vom Tennisplatz, so benahm. Es war nie dieselbe. Er lag immer noch schwer auf mir. Er versuchte, mich allzu hartnäckig auf den Hals zu küssen. Es war mühsam. Er zwang sich. Wieder ist er von mir abgerückt, und ich fragte mich, ob ich bleiben sollte. Ich wußte überhaupt nicht mehr, warum ich hier war. Von dem Photo herab betrachtete uns seine Mutter.

»Willst du, daß ich dir etwas sehr Schönes vorlese?«

Diese Frage hat mich überrascht. Er hat den Arm ausgestreckt und das Buch vom Nachttisch genommen mit dem Titel *Comme le temps passe ...*

»Das ist sehr schön ... Der Absatz heißt ›Die Nacht von Toledo‹ ...«

Er begann zu lesen, mit dieser komisch gezierten Arzt- und Pfarrersstimme. Die Beschreibung der Liebesnacht, die ein Paar in einem Hotelzimmer in Toledo verbrachte. »Sie sind nackt, eng aneinandergeschmiegt ... In der Unschuld des Gartens, während draußen die spanische Nacht ...«

Er las weiter: »Körper eines jungen Mannes, aufrecht vor seiner Beute ... Brüderlicher Kampf ...«

Ich mußte schließlich laut loslachen. Er starrte mich mit offenem Mund an. Er hat das Buch zwischen uns gelegt. Plötzlich bekam er einen sehr harten Blick, und seine Lippen waren noch schmaler als zuvor. Ich konnte nicht mehr aufhören zu lachen.

»Hau ab, du kleiner Schmutzfink ...«

Das war ein lächerliches Wort, das niemand mehr gebrauchte, aber mit diesem Wort wollte er mich sicher demütigen. Ich bin aufgestanden und einen Moment vor der Tür stehengeblieben. Ich blickte ihm gerade in die Augen, und er konnte mich nicht zwingen, den Blick niederzuschlagen. Seine Lippen waren jetzt noch schmaler.

Er sah aus, als würde er mich gleich mit einer Fistelstimme beschimpfen. Oder mit einer Frauenstimme, wie der seiner Mutter. Oder zischen wie eine Schlange.

An den Nachmittagen und Abenden meiner Ferien, an denen meine Tante mir freigab – zweimal die Woche –, nahm ich den Bus nach Annecy. Die Haltestelle lag gegenüber der großen Platane, auf der anderen Straßenseite, kurz vor der Kirche. Was für ein Vergnügen, den Weg in die entgegengesetzte Richtung zu nehmen, weg vom Internat ... Ich fuhr nicht bis zur Endstation. Ich stieg an der Haltestelle vor dem Kasino aus.

Ich traf mich mit Sylvie, meiner Freundin aus dem Internat. Wir verabredeten uns in einem Café, das *Le Reganne* hieß, auf der rechten Seite, hinter der Rue du Paquier. Sylvie war zwei Jahre älter als ich. Nach den Weihnachtsferien war sie nicht mehr ins Internat zurückgekommen, und da sie maschineschreiben konnte, hatte man ihr eine kleine Arbeit in der Präfektur angeboten. Im Sommer übernachtete ich bei ihr, wenn wir ins Kino gingen, in die Einundzwanzig-Uhr-Vorstellung. Meine Tante war damit einverstanden unter der Bedingung, daß ich am nächsten Morgen um Punkt sieben wieder in Veyrier-du-Lac war, um in einer der Villen zu arbeiten. Das war das einzige für sie, was zählte.

Wir flanierten durch die Straßen und Geschäfte und gingen an den Strand von Les Marquisats. Abends gegen sechs tranken wir ein Glas auf der Terrasse der Taverne unter den Arkaden oder auf der Terrasse des Café du Casino. Das Angenehmste um diese Uhrzeit war der Gedanke, daß der Abend noch bis Mitternacht dauern würde.

In der Taverne waren am späten Nachmittag sehr viele Leute. Mädchen und Jungen, die älter waren als wir, kamen vom Sportklub zurück. Sie bestellten sich Aperitifs und komplizierte Cocktails. Andere parkten ihre Kabrios gleich neben der Terrasse und tranken einen Whisky oder Orangensaft auf der Motorhaube sitzend. Die Jungen lächelten uns zu. Sylvie war so blond wie ich dunkelhaarig, aber wir hatten dieselbe Augenfarbe: blau. Und ich war außerdem – so scheint es – »schön wie das junge Leben«, aber das gab mir kein Selbstvertrauen.

Sie luden uns an ihre Tische ein. Sie waren fünf, zehn, manchmal zwanzig Jahre älter als wir. Mit der Zeit kannte ich sie alle … Jacques, genannt »Der Marquis«, ein großer Blonder, der eine schwarze Brille und grüne Jacketts trug und sich auf gefährliche Wetten einließ; Pierre Fournier, der eine abessinische Katze an der Leine spazierenführte und mit seinem Knaufstock herumfuchtelte; Dominique, die Brünette; sie ging unter den Arkaden hindurch und schien in ihrer schwarzen Lederjacke mit dem hochgeschlagenen Kragen immer zu frösteln. Es hieß, sie führe ein »mysteriöses« Leben in Genf … Zazie, Pimpin Lavorel, Rosy die Blondine. Claude Brun und Paulo Hervieu: Eines Abends hatten sie uns ins Kino eingeladen, um *La Belle Américaine zu* sehen, einen Film, den sie mochten und den sie in- und auswendig kannten, weil sie ihn – wie sie sagten – schon »dreiundfünfzigmal …« gesehen hatten. Und so viele andere, an deren Namen ich mich nicht mehr erinnere. Aber wir waren ein wenig scheu, Sylvie und ich. Meist hielten wir uns abseits. Sylvie erzählte mir von ihren Plänen. Sie wollte nicht in dieser Gegend bleiben. Sie hoffte, eine Arbeit in Paris zu finden. Ein Cousin ihres Vaters kümmerte sich dort um ein Café, im Vaugirard-Viertel. Das war ein Name, der uns zum Träumen brachte. *Vaugirard.*

Und ich? Sie fragte mich, ob ich noch lange im Internat bleiben würde. Ich hoffte natürlich nicht. Ich hätte gern wie sie in der Präfektur gearbeitet, um nicht länger von meiner Tante abhängig zu sein. Wir schmiedeten Pläne. Im nächsten Jahr wollte Sylvie alles daransetzen, um nach Paris zu gehen. Sie würde ein Zimmer mieten, und ich würde dann nachkommen ins Vaugirard-Viertel.

Wir hätten unsere Abende mit den Leuten verbringen können, die wir in der Taverne trafen und die uns zum Abendessen im Restaurant einladen, ja, uns sogar in die Diskotheken nach Genf mitnehmen wollten. Aber wir blieben lieber unter uns.

Sylvie war vernünftiger als ich. Sie träumte einfach nur davon, wegzugehen und eine ordentliche Arbeit in Paris zu finden, im Vaugirard-Viertel. Ich erklärte ihr, daß auch ich weggehen wollte, genau wie sie, aber um DIE GROSSE LIEBE zu finden. Hier würde ich ihr nie begegnen. Da mußte sie lachen.

Um neun gingen wir ins Kino. Einen Abend ins Splendid, den nächsten ins Hollywood in der Rue Sommeiller. Und sogar dahin, wo die Plätze etwas teurer waren, ins Cinema du Casino und ins Vox, nicht weit von der Taverne. In der Pause kauften wir uns ein Eis.

Wir hatten unsere Räder am Anfang der Promenade du Paquier an einen Baum gelehnt. Um Mitternacht war alles still. Nebeneinander fuhren wir langsam zu Sylvie nach Hause, am See entlang, unter dem Blätterdach der Avenue d'Albigny.

Jener Sonntag gegen Ende September, an dem ich auf den Bus wartete, der mich zum Schulbeginn wieder ins Internat bringen sollte, jener Sonntag schien mir besonders traurig. Ich mußte einen früheren Bus nehmen als sonst, schon um vier Uhr nachmittags, um vor dem Vespergottesdienst da oben anzukommen.

In dieser Nacht, im Schlafsaal, habe ich nicht einschlafen können. Ich hatte mir abgewöhnt, so früh ins Bett zu gehen. Erst gegen zwei oder drei Uhr morgens bin ich eingeschlummert, aber von Zeit zu Zeit schreckte ich auf und wußte nicht mehr, wo ich war, unter diesen blauen Nachtlampen.

In der Klasse hat sich niemand neben mich gesetzt, an die Stelle des blonden Mädchens aus Cruseilles. Mir war es auch lieber, daß der Platz leer blieb. Wieder hatte ich das Röhrchen Imménoctal in meiner Tasche. Während der zwei Monate Ferien hatte ich es ganz hinten in einer Schublade bei meiner Tante versteckt. Jetzt fing alles wieder von vorne an.

Etwas Komisches ist passiert. Im Oktober wurde mir auf einmal klar, daß ich dieses Röhrchen Imménoctal nicht mehr brauchte, um mir Mut zu machen. Ich fügte mich der Disziplin. Schlafsaal, Studiersaal, Arbeitsstube, Schulhof, Refektorium, Kapelle. Aber das Ganze ging mich nichts mehr an. Ich war anderswo. Ich hatte das Gefühl, eine tausendmal abgespielte Platte zu hören. Ich gab mir noch ein klein wenig Mühe, um der alten Musik zu lauschen, aber bald würde auch damit Schluß sein.

Den Schwestern war diese Veränderung aufgefallen. Ich lächelte sie an, hörte ihnen aber nicht mehr zu. Ich vergaß die Vorschriften. Eines Morgens habe ich mich zum Waschen ganz nackt ausgezogen, dann habe ich so den Schlafsaal durchquert und mich einen Augenblick auf mein Bett gelegt, nackt. Wenn ich ein Päckchen Zigaretten gehabt hätte, dann hätte ich eine geraucht, liegend, den Blick zur Decke gerichtet. Die Schwestern und die

Schülerinnen starrten mich sprachlos an. Für eine Weile war ich völlig weggetreten.

Die Oberin hat mich zurechtgewiesen. Ich lächelte sie an. Irgendwann sagte sie:

»Sie machen so einen geistesabwesenden Eindruck ... Hören Sie mir überhaupt zu?«

Ich glaubte, sie würde mich gleich an den Schultern packen und schütteln, als wollte sie mich aufwecken. Ich war so weit weg ... Ich hörte sie nicht mehr.

Während der paar Ferientage zu Allerheiligen habe ich mich noch weiter von dem entfernt, was mein Leben im Internat war. Ich hatte das Gefühl, daß ich seit dem Schulbeginn im September nicht dorthin zurückgekehrt war, sondern an meiner Stelle eine Zwillingsschwester geschickt hatte.

Mittags wartete ich vor der Präfektur auf Sylvie. Wir gingen ins Reganne ein Sandwich essen. Wieder machten wir Zukunftspläne. Wir träumten von Vaugirard. Sylvie wunderte sich, daß ich das Internat nicht mehr in meine Überlegungen mit einbezog, aber ich traute mich nicht, ihr zu sagen, daß ich es in Gedanken bereits verlassen hatte.

Um zwei begleitete ich sie zurück bis zur Präfektur, und wir verabredeten uns für den Abend. Wie im Sommer würden wir zu zweit ins Kino gehen.

Dann schlenderte ich allein die Avenue d'Albigny hinunter. Ich wußte nicht genau, was ich tun sollte, um die Zeit totzuschlagen. Außer Sylvie hatte ich niemanden, dem ich mich anvertrauen konnte. Ich dachte an meinen Vater. Hier in Annecy hatte ihn jemand gut gekannt, ein gewisser Bob Brune, der ein Café gegenüber der Post betrieb. Ich hatte ihn nur einmal gesehen, im Alter von zwölf Jahren. Der Arzt hatte mich in eine Klinik eingewiesen, weil ich eine akute Blinddarmentzündung hatte. Ich war sofort operiert worden und eine Woche in dieser Klinik geblieben. Am Tag meiner Entlassung hatte dieser Bob Brune mich abgeholt und war sehr freundlich zu mir gewesen. Mir war aufgefallen, daß er im Büro der Klinik Papiere unterschrieb und daß er ihnen Geld gab. Später habe ich begriffen, daß meine Mutter und ihr Mann aus Geiz Bob Brune gebeten hatten, die Klinik zu bezahlen. Ich schämte mich für sie und für mich.

Am Freitagnachmittag, zu Allerheiligen, bin ich mit klopfendem Herzen die Rue Royale hinaufgegangen. Vor der Post bin ich ein paarmal auf und ab gelaufen, dann habe ich mir einen Ruck gegeben.

Es war gerade flaue Nachmittagszeit. Niemand war in dem Café. Nur dieser Mann, der Bob Brune hieß, hinter dem Tresen. Ein stämmiger Typ mit einem breiten Gesicht und rotem Haar. Er hatte sich, seit ich zwölf war, nicht verändert. Er las Zeitung. Ich bin auf ihn zugegangen.

»Mademoiselle ...«

Er hat von seiner Zeitung aufgeschaut. Er blickte mich an, schien mich aber nicht zu sehen. Ich sagte:

»Ich bin die Tochter von ...«

Es gelang mir nicht, den Namen meines Vaters auszusprechen. Plötzlich hatte ich Angst, er könnte sich vielleicht nicht mehr an mich erinnern.

Er runzelte die Stirn, und diesmal blickte er mich richtig an. Er sagte:

»Die Tochter von Lucien?«

Eine Weile haben wir einander schweigend beobachtet. Ich glaubte schon, ich würde in Tränen ausbrechen. Aber dann sagte er, so als wäre ich irgendein Gast:

»Was wollen Sie trinken?«

Ich bin wieder ruhiger geworden. Er servierte uns beiden einen Cognac, ohne mich noch einmal zu fragen.

In der Rue Royale drehte sich mir der Kopf wegen dem Cognac und wegen allem, was er mir über meinen Vater erzählt hatte. Ein Hitzkopf. Mit zwanzig heckte er verrückte Dinge aus. Während des Krieges hat er damit weitergemacht. Im Maquis. Danach gelang es ihm nicht, sich anzupassen. Ein ruhiges Leben war nicht sein Fall. Eine Goldschmuggelgeschichte an der Schweizer Grenze. Frauen. Phasen der Niedergeschlagenheit. Immer rezitierte er dasselbe Gedicht: *Je me souviens / Des jours anciens …* »Und dein Vater hatte die Angewohnheit, jedesmal, wenn er einem die Hand schüttelte, mit einem Grinsen zu sagen: ›Immer noch fünf Finger?‹« Und dann gab es noch die Zeit mit der Werkstatt in Les Balmettes … Die Worte wirbelten durcheinander, und ich wußte nicht viel mehr, als daß mein Vater durch dieselben Straßen gelaufen war wie ich. Bestimmt hatte auch er manchmal auf der Terrasse der Taverne ein Glas getrunken. War ins Vox-Kino gegangen. Als ich die Rue Royale hinunterging, hatte ich das Gefühl, mich in seinem Schatten zu bewegen. Meine Mutter und meine Tante hatten mir nie von ihm erzählt, als wollten sie ihn vergessen und als wäre er genau das: ein großer Schattenfleck. Und ich verstand jetzt, daß ich für die beiden ein Teil dieses Schattens war. Deswegen verhielten sie sich so gleichgültig mir gegenüber und warfen mir immer ihre mißtrauischen Blicke zu. Sie liebten mich nicht. Auch ich liebte sie nicht. Wir waren quitt.

Ich hatte nicht bemerkt, daß ich schon in der Avenue d'Albigny war und an der Präfektur längst vorbei. Ich ging einfach geradeaus, und es hatte zu regnen begonnen. *Je me souviens des jours anciens.* Ich erinnere mich an vergangene Tage. Dieses Gedicht mußte ich auswendig lernen.

Am Montag nach Allerheiligen waren wir, Sylvie und ich, wie gewöhnlich im Reganne verabredet. Ich wollte ihr von meinem Vater erzählen, aber ich fand keine Worte. Schon am Vortag, als wir über die Promenade du Paquier schlenderten und all den Leuten in Sonntagskleidern mit ihren Hunden und Kindern begegneten, hätte ich mich ihr gern anvertraut. Aber ich bin stumm geblieben und dachte, unter all den Leuten hat bestimmt jemand meinen Vater gekannt.

Am Abend sind wir ins Kino gegangen, aber ich schaffte es nicht, der Geschichte des Films zu folgen. Ich mußte zu den Nonnen zurück, und zum ersten Mal war mir bei dieser Aussicht zum Lachen zumute. Es war, als würde man mich zwingen, Kleider anzuziehen, die ich als kleines Mädchen getragen hatte. Ich hatte das Gefühl, in drei Tagen um zehn Jahre gealtert zu sein.

Ich wartete bei der Platane auf den Bus. Ich war allein. Es war Nacht. Tagsüber hatte ich mich gefragt, ob es schneien würde. Dieselben Dinge – Schnee, Allerheiligen, dürres Laub, Aprilwetter – kehrten immer zur selben Zeit wieder. Wir näherten uns dem Winter. In den Schlafsälen würden wir wieder frieren, so sehr, daß wir uns überhaupt nicht mehr auszogen und keine Lust mehr hatten, uns mit kaltem Wasser zu waschen. Und die Pausen würden wir wegen des Schnees unter dem Vordach im Hof verbringen, wo ganz hinten die Reihe der Toiletten war, deren Türen nicht schlossen. Und ich konnte niemandem sagen, daß all das keinen Sinn für mich hatte. Mein Vater, der hätte mich wenigstens verstanden.

Ich spürte, daß ich mich in seinem Schatten befand. Ich wußte nicht mehr, warum ich bei dieser Platane wartete. Am liebsten hätte ich gelacht. Ein Hitzkopf. Phasen der Niedergeschlagenheit. Ich bin über die Straße gegangen.

Der Bus hielt an der Platane. Vielleicht wartete der Fahrer, daß ich einstieg. Aber da war niemand. Ich blieb auf der anderen Straßenseite. Durch die Scheiben sah ich die Köpfe der sitzenden Fahrgäste und die anderen, die im Mittelgang standen. Mir schien, daß mehr Leute drin saßen als gewöhnlich. Die Tür schlug zu. Der Bus ist wieder losgefahren mit seinem asthmatischen Motorengeräusch. Er würde an der Villa des Tilleuls vorbeikommen, am Schloß von Menthon-Saint-Bernard, am Friedhof von Alex. Immer dieselbe Straße.

Ich habe den anderen Bus genommen, den nach Annecy, der aus der Gegenrichtung kam und vor der Kirche stehenblieb. Es waren nur drei Fahrgäste drin, drei Typen in Uniform. Bestimmt mußten sie in ihre Kasernen zurück, so wie ich in mein Internat. Sie redeten laut, und einmal habe ich geglaubt, sie würden mich gleich belästigen. Als der Bus durch die Kurve von Chavoires fuhr und in die Gerade am See einbog, hat mich panische Angst gepackt. Ich fragte mich, was ich in Annecy anfangen sollte. Ich hatte kein Geld bei mir. An der Haltestelle vor dem Kasino bin ich ausgestiegen.

Niemand. Hinter mir die Avenue d'Albigny, menschenleer, mit ihren Bäumen, die keine Blätter mehr hatten. Im blassen Schein der Laternen schien sie zu fliehen, geradeaus bis ins Unendliche. Das Café du Casino hatte geschlossen, aber hinter dem großen Glasfenster im ersten Stock brannte Licht. Um einen Tisch saßen Silhouetten. Der Klub, wo ein paar Frauen, in deren Villen wir arbeiteten, einmal die Woche Bridge spielten.

Auch am Eingang des Kinos brannte Licht. Der Springbrunnen stand still. Kein einziges Auto. Alles war leise. Man hätte glauben können, außer den Silhouetten hinter dem großen Fenster gäbe es nur noch mich in der Stadt. Ich spürte ein Gefühl der Leere. Wieder stieg panische Angst in mir hoch. Ich war allein, ich hatte keine Zuflucht mehr in dieser ausgestorbenen Stadt. Ich traute mich nicht, bei Sylvie Unterschlupf zu suchen. Ihre Eltern waren da. Ich würde ihnen alles erklären müssen. Ich wollte Sylvie nicht in Schwierigkeiten bringen. Vielleicht würde ich aus diesem Traum ja erwachen. Aber um wo zu landen? Im Schlafsaal des Internats?

Ich bin die Rue Royale hinuntergegangen und habe gehofft, diesen Bob Brune, der meinen Vater gekannt hatte, in seinem Café anzutreffen. Ich würde ihn bitten, mir zu helfen. Ich lief schnell. Ich versuchte, so regelmäßig wie möglich zu atmen. Die Angst war immer noch da. Das Café in der Rue de la Poste hatte geschlossen. Ich ging die

Rue Royale in umgekehrter Richtung zurück. Meine Schritte hallten auf dem Trottoir. Es war noch nicht vollkommen dunkel. Das Schaufenster der Buchhandlung war erleuchtet. Und auch der Eingang zum Hôtel d'Angleterre.

Ich erreichte das Ende der Rue du Paquier, die Taverne. Ich nahm den Weg unter den Arkaden. Am Eingang des Vox brannte noch Licht. Eine Frau saß hinter der verglasten Kasse, wo man die Kinokarten kauft. Ich lief ziellos weiter. Mir war schwindlig. Ich bog nach rechts ab, folgte den Arkaden. Meine Schritte hallten noch lauter als in der Rue Royale. Ich machte kehrt. Wieder bin ich an der Taverne vorübergegangen. Ich schaute durch die Glasscheibe. Die Gaststube war leer. Nur drei Personen ganz hinten an einem Tisch. Ich habe das Mädchen erkannt, das auf der Bank saß: Gaëlle, eine Blondine, eine ehemalige Klassenkameradin aus der École Sainte-Anne. Schon damals schminkte sie sich. Jetzt arbeitete sie in einer Parfümerie in der Rue Royale.

Ich ging hinein, steuerte auf ihren Tisch zu. Gaëlle und die beiden Typen starrten mich verunsichert an. Wahrscheinlich habe ich ein ganz komisches Gesicht gemacht, denn einer der Typen hat mich gefragt:

»Fühlen Sie sich nicht wohl?«

Die Neonlichter an der Wand blendeten mich. Ich konnte ihre Gesichter nicht mehr richtig sehen. Einer der Typen faßte mich am Arm und zog mich auf die Bank, neben Gaëlle.

»Ein Cognac ... Danach geht's besser ...«

Ich trank den Cognac ganz langsam. Es stimmt, danach ging's besser. Ich gewöhnte mich an die Neonlichter. Um mich herum wurde alles wieder klar. Ich sah sogar klarer als gewöhnlich, wie in dreidimensionalen Filmen. Und auch ihre Worte hallten viel lauter.

»Geht's besser?«

Er lächelte mich an. Gaëlle und der andere Typ lächelten ebenfalls. Ich hatte sie erkannt, alle beide. Der, der mich auf die Bank gezogen hatte, war Lafon, ein Dunkelhaariger von ungefähr fünfunddreißig Jahren, mit rundem Gesicht, der immer lachte und redete, an Sommerabenden auf der Terrasse der Taverne. Er gab einen Aperitif aus, man rückte die Tische zusammen, und dann thronte er da, inmitten all der Leute. Er verkaufte Stoffe zwischen Lyon und der Schweiz. Auch der andere verkehrte den Sommer über in der Taverne. Ein schmaler Dunkelhaariger, etwas jünger als Lafon. Er hieß Orsini. Man erzählte, er wohne in Genf. Man wußte nicht viel von ihm.

Gaëlle hat mich gefragt, was ich hier machte, so allein. Ich habe ihnen gesagt, ich sei nicht ins Internat zurückgefahren, weil ich den Bus versäumt hätte.

»In Ihrem Alter sind Sie noch im Internat?« fragte mich Lafon.

Orsini schien genauso erstaunt zu sein wie Lafon.

»Was glaubt ihr denn, wie alt sie ist?« fragte Gaëlle.

»Zwanzig«, sagte Orsini.

»Sie ist sechzehn wie ich«, sagte Gaëlle.

»Vorsicht«, sagte Lafon und reckte den Zeigefinger mit ernster Miene in die Luft. »Heute abend wird nicht mehr gescherzt ... Ihr seid einundzwanzig ... Ihr seid volljährig.«

Und das war richtig, man hätte uns, Gaëlle und mich, für einundzwanzig halten können.

»Morgen früh bringen wir Sie ins Internat zurück«, sagte Orsini zu mir.

Ich fragte mich, warum morgen früh.

»Na sicher«, meinte Gaëlle, »ist doch nicht schlimm, wenn du den Bus verpaßt hast.«

Sie war geschminkt wie immer, mit Eyeliner und Lippenstift, und trug ihre dunklen Haare halblang. Sie sah aus, als käme sie geradewegs vom Friseur. Ihre Nägel waren lang, rotlackiert. Alle außer dem Mittelfinger der rechten Hand, der war kurzgeschnitten. Viel lieber wäre ich Sylvie begegnet. Aber Sylvie war um die Zeit schon längst zu Hause.

»Kommen Sie mit uns abendessen?« fragte Orsini.

Ich fühlte mich wie betäubt. Ich bin aufgestanden und ging dann mit ihnen unter den Arkaden dahin, wie in einem Traum. Alles war leicht, ich ließ mich gleiten. Das Auto stand an der Ecke der Rue du Lac, und dieser Anblick kam mir seltsam vor, so als wäre es das einzige Auto in der Stadt.

»Ich bin zu faul zum Laufen«, sagte Lafon.

Gaëlle hat sich zu ihm nach vorne gesetzt. Wir saßen hinten eng nebeneinander, Orsini und ich, denn auf der Bank lag ein Lederkoffer. Er hatte den Arm um meine Schultern geschlungen. Lafon fuhr los. Ich mußte plötzlich schallend lachen. Das lag wahrscheinlich am Cognac und an der panischen Angst, die ich kurz zuvor verspürt hatte. Vielleicht würde sie später wiederkommen. Ich durfte nicht daran denken, es war besser, sich ganz sanft gehen zu lassen. Ich wußte nicht einmal mehr, warum ich in diesem Auto war.

Die Auberge de Savoie war genauso leer wie die Taverne. Der Oberkellner brachte uns die Speisekarte. Ich hatte keinen Hunger. Ich war oft an diesem Restaurant vorbeigegangen, jedesmal, wenn ich die Place Saint-François überquerte, und ich hätte mir nie vorstellen können, daß ich eines Abends … Ich glaubte, die Auberge de Savoie sei nur etwas für reiche Leute, die in den Villen wohnten, wo meine Tante und ich arbeiteten.

Die anderen haben sich ihre Gerichte ausgesucht. Auch Gaëlle. Ich staunte über ihre Selbstsicherheit. Sie hat sich für Gänsestopfleber und Austern entschieden.

Sie wollte, daß ich dasselbe nahm, aber bei dem Gedanken wurde mir übel. Lafon hat mich gefragt, ob ich lieber Fleisch hätte.

»Sie sind sehr blaß«, sagte Orsini. »Sie müssen etwas essen.«

Er blickte mich sehr freundlich an. Aber konnte man der Sache wirklich trauen?

»Du kannst dich nicht einfach weigern, mit uns zu essen«, sagte Gaëlle. »Das wäre unhöflich …«

Sie schlug einen ernsten Ton an. Man hätte glauben können, sie habe eine gute Erziehung genossen.

»Kennt ihr euch schon lange?« fragte Lafon, als würde er meine Gedanken lesen.

»Wir waren zusammen auf der Schule«, sagte Gaëlle.

»In dieser Schule muß man komische Sachen gelernt haben«, meinte Orsini mit seinem freundlichen Lächeln, hinter dem aber bestimmt irgendwas steckte.

Da sie nicht locker ließen, habe ich schließlich einen Obstsalat und ein Eis genommen. Lafon hatte Champagner bestellt. Ich habe als einzige nichts getrunken.

Auf der Place Saint-François bekam ich auf einmal Angst, sie könnten mich allein lassen. Orsini hat den Arm um meine Schultern gelegt. Ich war erleichtert. Ich wäre mit ihnen überallhin gegangen.

Wir haben uns ins Auto gesetzt, auf dieselben Plätze wie beim ersten Mal. Gaëlle hat sich zu mir umgedreht:

»Mach dir keine Sorgen wegen dem Internat. Wir haben die ganze Nacht vor uns ... Ich muß morgen früh auch um acht Uhr arbeiten ...«

Lafon ist losgefahren. Sie wollten noch ins Cintra in der Rue Vaugelas gehen. Orsinis Hand drückte meine Schulter.

Niemand. Kein einziges Auto. Im Cinema du Casino und hinter dem großen Fenster im ersten Stock waren alle Lichter gelöscht. Als ich die Avenue d'Albigny sah, menschenleer und schnurgerade im Schimmer der Laternen, kroch die Angst wieder in mir hoch.

In der Rue Vaugelas war es finster. Dann sah ich die kleine rote Lampe des Cintra. Als wir eintraten, zuckte der Mann hinter der Bar zusammen, als habe er gedöst.

»Wir wollten gerade zumachen ...«

»Sehen Sie«, sagte Lafon. »In letzter Minute gibt es immer noch Überraschungen ...«

Wir haben uns an einen Tisch gesetzt. Ich wollte etwas trinken, um meine Angst zu besänftigen. Ich habe gefragt, ob ich einen Whisky bekommen könnte. Gaëlle fuhr mir mit der Hand durchs Haar, eine Geste, die beschützend wirken sollte.

»Na, jetzt fängst du auch damit an? Du solltest ihn mit Soda trinken ...«

Ich habe mit den anderen angestoßen. Ich habe einen großen Schluck genommen. Er schmeckte bitter, aber die Angst löste sich auf.

Wir brauchten nicht mehr miteinander zu reden, der Mann hinter der Bar hatte Musik aufgelegt. Gaëlle schmiegte ihre Wange an Lafons Schulter und gab mir mit einem Zwinkern zu verstehen, daß ich es mit Orsini genauso machen sollte. Ich war zu allem bereit, wenn nur die Angst nicht wiederkam. Mein Blick war auf einen Anschlag gefallen, der an der Wand hing: *Schutz Minderjähriger vor öffentlicher Trunkenheit.* Mir war zum Lachen zumute. Wer hatte denn mich beschützt? In meinem Kopf schwirrte alles durcheinander. Der Typ aus der Villa in Talloires auf seinem Bett, der mir »Die Nacht von Toledo« vorlas. Und die Photographie seiner Mama – wie er sich ausdrückte – an der Zimmerwand. Meine Mutter hatte mich nie beschützt. Als sie mich ein einziges Mal ins Internat zurückbegleitet hatte, hatte sie es um vier Uhr nachmittags getan anstatt um sieben Uhr abends, um mich schneller loszuwerden. Jeden Sonntag besorgte ich mir zwei Tafeln Schokolade, weil wir in diesem Internat verhungerten. Meine Mutter hatte an jenem Sonntag zu ihrem Mann gesagt, er solle vor einer Bäckerei anhalten, und wir waren zu zweit in den Laden gegangen, wo sie mir die Schokolade kaufen wollte. Aber beim Zahlen bemerkte sie, daß sie kein Geld dabei hatte. Ich dachte, sie würde ihren Mann bitten, ihr welches zu geben. Sie hat jedoch nur verlegen gesagt:

»Erzähl ihm nichts davon … Ich kaufe dir ein anderes Mal Schokolade …«

Sie hatte ihn nicht darum bitten wollen. Ihr war es lieber, wenn er ein bißchen Geld sparte und ich verhungerte. Ich zählte überhaupt nicht. Diese Geschichte mit der Schokolade hatte mich getroffen.

»Sie sehen so traurig aus«, sagte Orsini.

Alle drei blickten mich schweigend an. Gaëlle starrte auf meine Schuhe.

»Du solltest dir mal andere Schuhe kaufen ...«

Vielleicht wollte sie mir Nachhilfe in Eleganz geben. Oder einfach nur irgend etwas sagen, um die Atmosphäre aufzulockern.

»Bei Cédric gibt es sehr hübsche ... Morgen zeige ich sie dir ...«

Zu guter Letzt haben sie auch noch getanzt. Gaëlle mit Lafon. Dann mit Orsini. Ich habe gesagt, daß ich nicht tanzen kann. Lafon und Orsini versuchten abwechselnd, mich zu überreden, aber ich weigerte mich. Ich hörte ihnen nicht mehr zu. Ich lauschte nur der Musik, traurige, düstere Musik, und ich hatte das Gefühl, daß sie nicht von außen, sondern aus meinem Inneren kam. So eine Musik, die man wegen des Stimmengewirrs nicht hört, deren Melodie aber viel später in der Stille widerhallt, bevor sie von neuem verschluckt wird. Ihre Gesichter verschwammen, sie bewegten die Lippen, um zu reden, aber ich hörte sie nicht. Ich hatte vergessen, wo ich war und welche Umstände mich an diesen Ort gespült hatten. Ein Paar tanzte. Immer dasselbe. Gaëlle und Orsini. Lafon und Gaëlle. Und ich, ich war nur noch diese ferne Musik, die beinahe zu verstummen schien, jedoch immer wieder von vorne begann, jedesmal langsamer, als wollte sie die Stille nutzen, um wenigstens ein bißchen gehört zu werden.

In der Rue Vaugelas bemerkte ich plötzlich, daß ich die Reisetasche nicht mehr bei mir hatte, die ich jeden Sonntag mit frischer Wäsche und den Schokoladetafeln ins Internat mitnahm. Ich hatte sie kurz zuvor in der Taverne vergessen.

Diesmal hat sich Orsini hinters Steuer geklemmt, und ich habe mich neben ihn gesetzt. Lafon bat ihn, sie beide, ihn und Gaëlle, gleich im Hôtel d'Angleterre abzusetzen. Danach würde ich mit Orsini die Reisetasche holen, wenn die Taverne noch nicht zu hatte.

Das Auto hielt vor dem Hôtel d'Angleterre, und Gaëlle fuhr mir mit der Hand durchs Haar.

»Bis gleich, meine Liebe«, sagte sie.

Sie ging an Lafons Arm den Kiesweg zum Hotel entlang. Sie wankte ein wenig. Orsini hat gewendet, und wir sind die Rue Royale hinuntergefahren.

In der Taverne wollten sie gerade schließen. Die Stühle standen bereits auf den Tischen, und einer der Kellner fegte im Licht einer einzigen Neonröhre die Gaststube. Meine Reisetasche war auch da, auf einem der Tische.

»Nun«, fragte Orsini, »soll ich dich ins Internat zurückbringen?«

Er duzte mich. Er bog mit dem Wagen in die Rue d'Albigny, und ich sagte mir, er würde nun diese Straße, die unter den Laternen menschenleer und schnurgerade dalag, weiterfahren und dann den üblichen Weg nehmen, den der Sonntagabendbusse. Aber als wir in die Nähe der Präfektur kamen, drehte er um. Und in diesem Augenblick hatte ich die Illusion, mein Leben würde eine neue Richtung nehmen. Die Zeit, wo alles noch in der Schwebe ist, wo man am Rand von allen Dingen steht, wie in einem Warteraum, die wäre für mich nun vorbei.

Mir schien, der Wagen rolle immer langsamer dahin und ich könne die Musik von vorhin hören, während wir durch die leeren Straßen fuhren.

Vor dem Eingang des Hôtel d'Angleterre blieb er stehen. Wir sind den Kiesweg entlanggegangen bis zur Rezeption, wo niemand mehr war. Ich bin hinter ihm die Treppe hochgestiegen. Im ersten Stock ein Flur, den eine Nachtlampe erhellte. Der Schlüssel steckte in der Zimmertür.

Er ließ mich als erste eintreten. Das Zimmer war groß und in Halbdunkel getaucht. Ganz hinten leuchtete das Rechteck der halboffenen Badezimmertür. In der linken Ecke lagen Gaëlle und Lafon auf einem Diwan, aber ich konnte sie kaum sehen. Gaëlle stöhnte immer lauter. Orsini hat die Tür von innen abgeschlossen und mich zum Bett geführt, ein Bett mit Kupferstangen. Später schien er überrascht zu sein. Ich war nicht einmal Jungfrau – meinte er.

Ich bin nicht mehr ins Internat zurückgekehrt, und ich habe meine Tante und meine Mutter nie wiedergesehen. Für mich war das kein sehr großer Verlust. Durch Bob Brune, den ehemaligen Freund meines Vaters, habe ich eine Stelle als Kellnerin in einem Café-Salon de thé unter den Arkaden der Rue du Lac gefunden. Im selben Gebäude, wo auch das Café war, habe ich ein kleines Zimmer im obersten Stock bekommen.

Im Januar ist Sylvie nach Paris gezogen. Sie hat mir gesagt, sie werde bei ihrem Onkel im Vaugirard-Viertel arbeiten und mich nachkommen lassen, wie wir es seit langem geplant hatten. Nach vierzehn Tagen erhielt ich eine Postkarte von ihr, auf der stand: »Alles in Ordnung. Bis bald. Ich umarme dich.« Sie schickte mir keine Adresse. Der Pariser Poststempel enthielt den Namen: »Rue des Renaudes«. Danach habe ich nichts mehr von ihr gehört. Sicher hatte sie mich vergessen.

Der Winter ist vergangen, und die Tage waren eintönig. Während der Woche gab es nur wenig Gäste in dem Salon de thé. Sie kamen am Samstag und Sonntag, während der Ferientage um Faschingdienstag und Ostern. Ich trug nicht mehr den schwarzen Internatskittel mit der roten Borte am Kragen, sondern eine andere Uniform, einen schwarzen Rock und eine kleine Spitzenschürze. Dieselben Bewegungen, dieselben Worte, jeden Tag. Jetzt hieß es nicht mehr Schlafsaal, Studiersaal, Refektorium, Kapelle. Es hieß Schokolade-Eclair, Tee mit Milch, Espresso, Pistazien-Erdbeer-Eis, Makrone, bitte etwas mehr Zukker, Mademoiselle. Abends nach der Arbeit stand es mir frei, durch die Straßen zu spazieren oder ins Kino zu gehen. In jenen Winter- und Frühjahrsmonaten habe ich fast niemanden gesehen. Ich blieb lieber allein. Fast fünf Jahre lang hatte ich im Internat ununterbrochen mit anderen zusammengelebt. Kein einziger Augenblick am Tag, wo ich allein sein konnte, keine Beschäftigung tagaus, tagein, die wir nicht in der Gruppe machten: essen, schlafen, sich waschen … In der ersten Zeit war es mir ungewohnt, ein Zimmer für mich allein zu haben, und ich schreckte mitten in der Nacht auf, weil ich glaubte, unter der blauen Nachtlampe im Schlafsaal zu liegen. Um mich zu beruhigen, mußte ich das Licht anknipsen. Nein, damit war Schluß, ein für allemal Schluß.

Am Abend, wenn ich einen Spaziergang machte, hätte ich durch die Parkanlagen oder auf das Marsfeld an der Avenue d'Albigny gehen können, lauter Orte, die mit ihrem Blick auf den See die Touristen anziehen. Mich lockte es in die entgegengesetzte Richtung. Ohne daß ich darüber nachgedacht hätte, führten meine Schritte mich immer wieder auf die Place de la Gare.

Nachts betrat ich die Bahnhofshalle und setzte mich auf eine Bank auf dem Bahnsteig, wo der Zug nach Paris abfuhr. Ich redete mir ein, daß ich irgendwann einsteigen und alles hinter mir lassen würde, was bisher mein Leben ausgemacht hatte. Aber im Unterschied zu Sylvie wollte ich nach meiner Ankunft in Paris noch weiter weg fliehen, in ein Land, in dem nicht Französisch gesprochen wurde, um endgültig alle Brücken abzubrechen.

Ich kehrte in mein Zimmer zurück. Unterwegs in der Rue Royale spürte ich, wie Mutlosigkeit mich beschlich. Ich würde für immer und ewig in dieser Stadt kleben bleiben und nie irgendwem begegnen, der mich anderswohin mitnahm. Und ich fürchtete, die Kraft, die ich in mir spürte, könnte von Tag zu Tag schwächer werden.

Die schöne Jahreszeit ist wiedergekommen. In diesem Sommer war ich siebzehn. Im Juni teilten sie mir mit, daß sie mich im nächsten Monat nicht mehr als Kellnerin behalten könnten. Also habe ich mich auf Empfehlung von Bob Brune an der Rezeption des Hôtel Imperial vorgestellt, um den Concierge zu sprechen. Ich sagte, ich stünde zur Verfügung, wenn jemand von den reichen Feriengästen eine Babysitterin brauchte, oder auch wenn eine Stelle als Kellnerin oder Zimmermädchen frei wäre.

Der Concierge hat mich aufmerksam angeschaut und mir versprochen, er werde sein Möglichstes tun, um eine Arbeit für mich zu finden. Dann sagte er:

»Sie, Sie werden es noch weit bringen ...«

Er wiederholte:

»Sie werden es noch weit bringen ...«

Vielleicht wollte er mir Mut machen. An jenem Tag war

ich besonders niedergeschlagen. Ich hatte keine guten Aussichten für die Zukunft. Drei Tage später ließ der Concierge mich wissen, eine Dame, der er mich empfohlen habe, erwarte mich im Imperial.

Sie hieß Madame El-Koutoub, sie war mindestens siebzig oder sogar noch älter – wirkte aber wie fünfzig. Sie wohnte zugleich in Lausanne und Paris und verbrachte ihre Sommerferien im Imperial. Ich sollte die Rolle einer »Gesellschaftsdame« spielen. Und mich außerdem noch um ihren Hund kümmern.

Gleich bei unserer ersten Begegnung fiel mir auf, daß Madame El-Koutoub kein bißchen so war wie die Bourgeois, die ich in den Villen am Seeufer kennengelernt hatte. Sie redete sehr vertraulich mit mir, als wäre ich ihre Tochter oder Enkelin, mit einem ganz merkwürdigen Akzent, und der Concierge erklärte mir, das sei der Akzent der »Pariser Faubourgs«. Er verriet mir auch, daß sie mit zwanzig Tänzerin gewesen sei. Heute war sie Witwe.

Der Juli, den ich in ihrer Nähe verbracht habe, ist für mich die einzige schöne Zeit jenes Sommers gewesen. Dazu muß ich noch sagen, daß die Arbeit viel weniger anstrengend war als die mit meiner Tante in den Villen in den Jahren zuvor; und auch weniger als meine Kellnerinnenstelle in dem Salon de thé, wo ich den ganzen Tag auf den Beinen war.

Ich mußte Madame El-Koutoubs Boxer ausführen, den sie Bobby-Bagnard nannte, denn sie fand, er habe eine Gaunervisage. Ich leistete Madame El-Koutoub beim Mittagessen Gesellschaft, auf der großen, zum See hin gelegenen Restaurant-Terrasse des Imperial. Vorher kümmerte ich mich um das Essen für den Hund, das er im Zimmer verspeiste, und anschließend nahm ich ihn mit zu seiner Herrin ins Hotelrestaurant. Nachmittags um vier und um sieben führte ich den Hund spazieren. Dann begleitete ich Madame El-Koutoub zum Kasino. Dort blieb sie bis abends um elf, und der Concierge hatte mir erklärt, daß sie Bakkarat spielte. Ich beaufsichtigte den Hund im Zimmer und machte um zehn einen letzten Spaziergang mit ihm. Um elf holte ich Madame El-Koutoub vor dem Kasino ab und begleitete sie ins Imperial. Hier gab sie mir einen Umschlag, in dem jeden Tag drei Einhundert-Franc-Scheine steckten. Und ein Blatt blaues Briefpapier. Auf dem stand gedruckt, oben links:

Éliette El-Koutoub
1, Avenue du Maréchal-Maunoury
Paris XVIe

Und quer über das Blatt in ihrer großen Schrift das Wort: *Danke.*

Am ersten Tag dachte ich, das sei mein Lohn für den ganzen Monat. Ich sagte, sie könne mich auch Ende Juli bezahlen. Aber sie hat die Schultern gezuckt und gesagt:

»Kleines, es ist besser, wenn man jeden Tag bezahlt wird … Vertraue auf meine Erfahrung … So ist es klüger …«

Zweimal die Woche begleitete ich sie mit dem Hund im Taxi nach Lausanne. Dort wohnte sie die meiste Zeit des Jahres – im Hôtel Beau Rivage. Und nun hatte sie beschlossen, von diesem Jahr an endgültig dort zu bleiben. Nach diesem Aufenthalt in Annecy wollte sie nicht mehr über die Grenze herüberkommen. Sie hatte mir erklärt, daß Frankreich und Paris zu viele Erinnerungen in ihr wachriefen. In Lausanne – sagte sie mir – sei die Zeit stehengeblieben. Man denke an nichts mehr. »Nach Lausanne kommen Frauen wie ich, die mehrere Leben gelebt haben, um hier ihre letzten Jahre zu verbringen.«

Das Taxi setzte uns vor dem Hôtel Beau Rivage ab, wo sich Madame El-Koutoub mit Freunden zu einer Partie Canasta traf. Ich führte den Hund im Hotelpark spazieren. Hinter dem Tennisplatz folgten wir einem Weg über eine sanft abfallende Rasenfläche, auf der ganz kleine Gräber lagen – Hundegräber mit Namen und Sätzen in englischer, französischer, spanischer und deutscher Sprache. Die Daten verrieten, daß die Hunde in der ersten Hälfte des Jahrhunderts gelebt hatten und aus verschiedenen Ländern stammten. Einer von ihnen war in Amerika geboren. Nicht nur Frauen wie Madame El-Koutoub verbrachten ihre letzten Jahre in Lausanne. Auch Hunde.

Ich aß mit Bobby-Bagnard im Hotel zu Abend. Das Taxi holte uns gegen elf ab, und wir fuhren alle drei zurück nach Annecy. An solchen Tagen zahlte Madame El-Koutoub mir fünfhundert Franc.

Ich begann, an ihr und an diesem Hund zu hängen. Auf unseren Spaziergängen durch den Park des Hôtel Imperial oder des Beau Rivage blieb der Hund von Zeit zu Zeit stehen und sah mich mit einem komischen Blick an. Es schien, als nehme er mich nicht ganz ernst und als wolle er mir sagen, daß wir vorläufig in guten Händen waren. Hoffentlich würde das noch eine Weile dauern! In Annecy nahm ich ihn abends um zehn oft auf einen größeren Spaziergang mit. Wir marschierten zu zweit bis zur Place de la Gare. Auf dem Rückweg brauchte ich ihn nicht an die Leine zu nehmen. Bestimmt wußte er gut Bescheid über das Leben, genausogut wie Madame El-Koutoub.

Im Taxi, das uns nach Lausanne brachte, war sie immer

sehr freundlich zu mir und stellte mir Fragen über mein Leben. Eines Tages hat sie mir den Arm gedrückt und mit einem Lächeln gesagt:

»Ich habe das Gefühl, du bist vom gleichen Schlag wie Eliette El-Koutoub ...«

In diesem Augenblick habe ich sie nicht wirklich verstanden. Die Männer – hatte sie gesagt – hätten sie »auf allen Ebenen« glücklich gemacht, und sie glaubte, das werde auch bei mir so sein, auch wenn wir uns vom Aussehen her nicht ähnlich waren. In meinem Alter war sie eine Blondine mit smaragdgrünem Blick gewesen. Sie hätte mir gern Ratschläge gegeben, aber sie meinte, die Welt habe sich seit ihrer Jugend verändert. Die Männer waren keine richtigen Männer mehr. Sie waren Geizhälse und Knauserer geworden. Kleinverdiener. Ich habe ihr gesagt, Geld wäre mir nicht wichtig, sondern die große Liebe.

»Weißt du, Geld ist kein Hindernis für die große Liebe ...«

Auf einmal wurde sie nachdenklich, ja sogar traurig. Auf dem Weg nach Lausanne schaltete der Taxifahrer gewöhnlich das Radio an. Ein Lied, das wir mochten, Madame El-Koutoub und ich, war in jenem Sommer häufig im Radio zu hören:

L'amour, c'est comme un jour,
Ça s'en va, ça s'en va, l' amour ...

Als ich eines Morgens ins Hotel kam, hat mir der Concierge gesagt, Madame El-Koutoub sei nicht mehr da. Sie war in der Nacht mit Bobby-Bagnard ohne irgendeine Erklärung weggefahren. Sie hatte einen Umschlag für mich hinterlassen. Eintausend Franc in Hundert-Franc-Scheinen und »Danke« in ihrer großen Schrift.

Diese Abreise hat mir weh getan. Die Leute haben eine sonderbare Art zu verschwinden ... Während der folgenden Tage habe ich viel an Madame El-Koutoub gedacht, an ihren Hund, an Sylvie, meinen Vater ... Am Abend führten meine Schritte mich wieder zum Bahnhof und zu dem Café in der Rue de la Poste.

Bob Brune machte seine Abrechnungen hinter dem Tresen und wollte das Café gerade schließen. Doch er freute sich, mich ausgerechnet jetzt zu sehen. Er hatte ein paar Erinnerungsstücke an meinen Vater gefunden, die er mir schenken wollte.

Ein hellbraunes Lederköfferchen. Es enthielt Bücher, Photos, einen Revolver und Kugeln in einer kleinen Schachtel. Er hat den Revolver hervorgeholt und mir erklärt, es sei der, den mein Vater während des Krieges und »danach« benutzt habe. Ein ausgezeichneter Schütze sei er gewesen. Er bestand darauf, mir zu zeigen, wie der Revolver oder besser gesagt der »Selbstlader« funktionierte. Obwohl ich Waffen nicht mag, habe ich seine Vorführung aufmerksam verfolgt. Um einen unbekannten Vater besser zu verstehen, muß man eben versuchen, in seine Fußstapfen zu treten und noch einmal dieselben Bewegungen auszuführen wie er. Auf den Photos war mein Vater oft mit einer Frau zu sehen, aber es war nie meine Mutter.

Am Abend habe ich begonnen, die Bücher zu lesen, die er gelesen hatte, denn sie waren nun mal in dem Köfferchen:

Rue du Chat-qui-pêche
Das Leben des Jean Mermoz

Handbuch des Alpinismus
Handbuch der Tarnung

Und ein kleines, blaßgrünes Buch: *Anthologie der Dichter des 19. Jahrhunderts,* in dem er zwei Verse unterstrichen hatte: »Je me souviens / Des jours anciens ...«, aber damit wußte ich auch nicht mehr über ihn.

Gegen Ende August verwies der Concierge mich an Gäste des Impérial, die eine Babysitterin suchten. Ein sehr reiches Ehepaar von ungefähr dreißig Jahren, Monsieur und Madame Frédéric Aspen. Madame war eine hochnäsige Blondine, die immer zu schmollen schien. Sie hat kein einziges Wort mit mir gesprochen, und ich habe sie auch kaum gesehen. Monsieur war mir vom ersten Augenblick an unsympathisch: ein Franzose, ebenfalls hochnäsig, mit den Launen eines verwöhnten Kindes. Er reservierte ununterbrochen den Tennisplatz des Hotels, weil er es nicht ertrug, daß jemand auf diesem Platz spielte, wenn er nicht da war. Er hatte auch ein Boot mit Außenbordmotor gemietet und lief mit seiner Frau den ganzen Tag Wasserski. Er war herrisch und schroff, wollte aber Leute, die er als seine Untergebenen betrachtete, in seinen Bann ziehen. Deshalb hatte er zu mir gesagt:

»Nein ... nennen Sie mich doch nicht Monsieur ... Das wäre dumm zwischen uns ...«

Und er fixierte mich mit einem geringschätzigen und zugleich amüsierten Blick unter seinen schweren Lidern. Aber ich nannte ihn hartnäckig weiter Monsieur. Er war ein Blonder mit Locken, fast mit Kraushaar, braungebrannt und blauäugig, über den der Concierge gesagt hatte, er sehe dem »italienischen Thronfolger« ähnlich, als ob ich hätte wissen können, um wen es sich dabei handelte.

Drei Tage lang habe ich ihre beiden Kinder beaufsichtigt. Ich ging mit ihnen an den Strand des Sportklubs baden. Anschließend führte ich sie zum Mittagessen auf die Terrasse des Restaurants und begleitete sie für das Mittagsschläfchen auf ihr Zimmer. Dann wieder Schwimmbad um fünf. Um halb acht Abendessen in ihrem Zimmer, das neben dem der Eltern lag. Um neun brachte ich sie zu Bett. Ich wartete bis Mitternacht auf die Rückkehr von Monsieur und Madame Aspen. Ich las eines der Bücher meines Vaters: *Rue du Chat-qui-pêche.*

Nach diesen drei Tagen sind sie mit ihren Kindern wieder nach Genf gefahren, wo sie wohnten. Aber am nächsten Tag rief Monsieur Aspen beim Concierge an. Sie brauchten in Genf eine Babysitterin für eine Woche, bis die Gouvernante der Kinder aus dem Urlaub zurückkam. Und sie hätten gern mich dafür gehabt. Ich weiß nicht, warum ich zusagte. Wahrscheinlich, um noch ein wenig Geld zu verdienen, bevor ich diese Gegend endgültig verließ. Um wohin zu gehen? Das wußte ich noch nicht, aber ich wollte so weit wie möglich weg. Und außerdem hat auch der Concierge mir geraten hinzufahren. Er hatte eine gewisse Achtung vor »Monsieur Frédéric«, vielleicht wegen dessen Ähnlichkeit mit dem italienischen Thronfolger. Er erklärte mir, der Großvater von Monsieur Frédéric, ein Franzose, habe es vor dem Krieg in Amerika zu Reichtum gebracht, und zwar dank der Erfindung eines Kunststoffs, der in der Industrie viel verwendet wurde. Monsieur Frédéric hatte vor zehn Jahren alles von seinem Großvater geerbt. Er lebte in der Schweiz und in

Amerika von seinem Vermögen, und natürlich war dieses Vermögen so riesengroß, daß Monsieur Frédéric glaubte, er stehe ein wenig über den Gesetzen und Zwängen des Alltags, denen sich jeder Normalsterbliche beugen muß. Er verbrachte oft ein paar Tage im Impérial von Annecy, weil seine Mutter ihn als Kind mit hierher genommen hatte. Übrigens sei es rührend, wie sehr er seine Mutter liebte. Diese Bemerkung des Concierge hätte mein Mißtrauen wecken müssen. Auch der andere Typ, in Talloires, liebte seine Mutter sehr.

Ich sollte vor dem Abendessen bei Monsieur und Madame Aspen vorsprechen. Am Busbahnhof wartete ich auf den Bus nach Genf, es war ein Sonntagabend. Ein Stück von mir entfernt stand noch ein anderer Bus auf der Place de la Gare, und sein Motor lief bereits: der Bus, der mich jeden Sonntag ins Internat zurückbrachte.

Ich spürte ein Unbehagen in mir aufsteigen. Ich versuchte es zu bekämpfen. Schließlich war ich ja nicht gezwungen, nach Genf arbeiten zu fahren. Aber ich sagte mir, für fünfzehnhundert Franc und eine Woche lohne es sich vielleicht. Ich bin also mit meiner Reisetasche in den Bus gestiegen, es war dieselbe, die ich immer fürs Internat nahm und in die ich, außer meinen Kleidern und meiner Toilettentasche, auch die Dinge gepackt hatte, die meinem Vater gehört hatten und die ich als Talisman behalten wollte: die Photos, die Bücher, den Revolver und die Kugeln.

Der Bus hat sich in Bewegung gesetzt. Wir waren viel weniger Fahrgäste als an den Abenden, an denen ich ins Internat zurückmußte. Einige Plätze blieben leer. Ich war ganz nach hinten gegangen und hatte meine Tasche neben mich auf die Bank gestellt.

Es war noch hell. Wir haben in Cruseilles gehalten. Ich mußte an das blonde Mädchen denken, meine Banknachbarin, die hier wohnte. Was war aus ihr geworden? Ich hatte das Röhrchen Imménoctal immer aufbewahrt, aber heute trug ich es nicht bei mir. Es lag in meinem Zimmer in der Rue du Lac.

Saint-Julien-en-Genevois. Die Grenze. Am Zoll hat man nicht einmal nach unseren Papieren gefragt. Der Bus fuhr in der Abenddämmerung durch die Vororte einer Stadt, die ich nicht kannte. Er blieb auf dem Busbahnhof stehen.

Ich nannte einem Angestellten, der im Bahnhof noch hinter dem Schalter saß, die Adresse von Monsieur und Madame Aspen und fragte ihn nach dem Weg. Er sagte mir, es sei zu Fuß ein bißchen weit, hinter dem Parc des Eaux-Vives. Also habe ich ein Taxi genommen. Ich habe den Fahrer gebeten, mich auf dem Quai abzusetzen, ein paar hundert Meter von Monsieur und Madame Aspens Haus entfernt. Ich wollte noch ein Stück laufen, um meine Angst zu beschwichtigen. Es war dunkel. Im Schein der Laternen glichen die Ufer des Genfer Sees den Ufern des Sees von Annecy. Ich ging am Gitterzaun eines großen Gebäudes entlang, das die Präfektur hätte sein können. Das Trottoir und die Platanen waren die gleichen wie in der Avenue d'Albigny.

Ich hielt meine Reisetasche in der Hand und marschierte dahin wie an den anderen Sonntagabenden, wenn ich der Straße zum Internat folgte. Nie würde sich irgend etwas verändern. Alles wiederholte sich, zur selben Stunde, in derselben Umgebung. Der Concierge hatte gesagt: »Sie werden es noch weit bringen«, aber seit Jahren drehte ich mich im Kreis, ohne aus diesem Kreis herauszukönnen ... Mutlosigkeit und ein Gefühl von Einsamkeit überfielen mich, und ich versuchte nicht einmal mehr, dagegen anzukämpfen. Und doch wußte ich, daß schon eine Kleinigkeit genügt hätte, eine sanfte Stimme, die mir einen Rat gab, eine Hand auf meiner Schulter.

Ich habe am Tor geklingelt. Nach einer ganzen Weile hörte ich Schritte auf dem Kies. Es war Monsieur Aspen, der mir öffnen kam. Er war immer noch blond und kraushaarig, aber viel brauner als in Annecy. Er hat mich begrüßt und auf eine komische Art angelächelt. Sein Blick fixierte mich so merkwürdig unter seinen schweren Lidern. Man hätte glauben können, er habe getrunken. Er trug einen Pullover und ein Seidentuch im offenen Kragen seines Hemdes. Wir gingen den Weg hinauf, den eine Laterne von oben, von der Außentreppe des Hauses, erleuchtete. Es war ein weißes Haus mit Fenstertüren, und der Eingang lag unter einem Säulenvorbau – ein Haus, das viel wuchtiger und luxuriöser war als die Villen, in denen ich im Sommer mit meiner Tante gearbeitet hatte.

Im Vorraum, am Fuß der Treppe, sagte er:

»Die Kinder sind heute abend nicht da. Sie kommen morgen mit meiner Frau aus Gstaad zurück. Wenn Sie wollen, zeige ich Ihnen Ihr Zimmer.«

Er hatte eine Ungeniertheit und ein Lächeln, die einem das Gefühl gaben, daß er einen ein bißchen verachtete oder sich lustig machte.

Der Boden war aus Marmor, mit schwarzen und weißen Rauten. Er ging zurück, um die schmiedeeiserne Eingangstür von innen abzuschließen. Plötzlich habe ich gedacht, daß ich in eine Falle gelockt worden war. Er steuerte wieder auf die Treppe zu:

»Soll ich Sie in Ihr Zimmer führen?«

Ich stieg die Treppe hinter ihm hoch. In dem Augenblick, wo ich ihn die Tür hatte abschließen sehen, war ich von panischer Angst gepackt worden, aber mit jeder Stufe gewann ich ein wenig von meiner Beherrschung zurück. Auf dem Treppenabsatz im ersten Stock sagte er:

»Ich bin in Gesellschaft eines Freundes. Wollen Sie ein Glas mit uns trinken?«

Dieser Vorschlag hat mich überrascht.

»Wie Sie möchten, Monsieur ...«

»Nennen Sie mich nicht mehr Monsieur ... Zumindest nicht heute abend ...«

Er lächelte mich an.

Er hieß mich in einen kleinen Salon treten, dessen Wände mit Holz getäfelt waren. Auf einer Seite eine Bücherwand. Ein Kanapee vor dem Kamin. Das Licht kam von einem Lüster und von einer Lampe auf dem Kamin. Die Vorhänge an den Fenstern waren zugezogen. Ein Mann saß auf dem Kanapee. Er ist aufgestanden.

Ein Blonder von mittlerer Größe, im selben Alter wie Monsieur Aspen – fünfunddreißig. Er trug einen Blazer und eine Krawatte. Und am Handgelenk ein Goldkettchen.

Er hat mir die Hand hingestreckt und sich vorgestellt:

»Ich bin Alain. Sind Sie eine Freundin von Frédéric?«

Er hatte eine Stimme mit einem piepsigen Klang. Und das zerknautschte und ungesunde Gesicht eines alten Jünglings.

»Das ist die neue Babysitterin«, sagte Monsieur Aspen.

Da hat mich der andere gemustert, als ob ich ein Stück Vieh wäre.

Er wiegte den Kopf.

Auf dem niedrigen Tisch ein Tablett mit einer halbleeren Cognac-Flasche. Zwei Gläser am Tischrand. Im Aschenbecher eine erloschene Zigarre.

»Setzen Sie sich«, sagte Monsieur Aspen zu mir.

Ich setzte mich in den Ledersessel neben dem Kanapee. Ich hatte meine Reisetasche auf die Knie genommen.

»Machen Sie es sich bequem.«

Er nahm meine Tasche und stellte sie zwischen das Kanapee und den Sessel. Der andere starrte mich noch immer lächelnd an, aber dieses Lächeln war falsch, wegen der Kälte in seinen Augen.

»Letztendlich war dieses italienische Restaurant nichts Besonderes«, sagte Monsieur Aspen.

Über dem Kamin hing das eingerahmte Porträt einer Frau. Sie hatte einen hellen Teint und lächelte glücklich.

Wahrscheinlich seine Mutter, die er so liebte und deren Liebling – oder einziger Sohn – er war.

»Wir haben gut daran getan, nicht in den Klub 58 auf die Jagd zu gehen«, sagte der andere, »wo wir doch diese charmante Person hier im Haus haben ...«

Monsieur Aspen schaute den anderen an, mit einem starren Lächeln und einem bewundernden, ja fast verliebten Blick. Vielleicht war die Beziehung zwischen ihnen etwas zweideutig.

» Da die Kinder nun mal nicht da sind«, hat der andere gesagt, »kann sie vielleicht für uns Babysitterin spielen ...«

»Was soll sie denn mit dir anstellen, Alain?« hat Monsieur Aspen amüsiert gefragt.

In dem Augenblick habe ich wirklich begriffen, daß sie getrunken hatten und zu allem bereit waren. Bestimmt glaubte auch der andere, er stehe, wie der Concierge sich ausgedrückt hatte, über den Gesetzen und Zwängen des

Alltags, denen sich ein ganz gewöhnlicher Sterblicher beugen muß. Und ich, ich war für sie nur eine arme Sterbliche.

Monsieur Aspen ist aufgestanden. Er hat den Lüster ausgeschaltet. Das Licht rund um das Kanapee war jetzt weniger grell. Der andere kam und setzte sich auf die Armlehne des Sessels, und ich spürte seine Hand, die meinen Nacken streichelte.

»Jetzt werden Sie uns mal zeigen«, sagte er, »wie Sie Babysitterin spielen ...«

Monsieur Aspen hatte sich auf das Kanapee gesetzt, ganz in meine Nähe, so als schicke er sich an, ein interessantes Schauspiel zu verfolgen. Ich spürte den Druck von der Hand des anderen in meinem Nacken. Er wollte, daß ich den Kopf senkte und den Oberkörper vorbeugte, aber ich machte mich steif und rührte mich um keinen Millimeter.

»Ich hätte lieber, daß es in meinem Zimmer passiert«, habe ich mit gleichgültiger Stimme gesagt.

Alle beide schienen von meiner Ruhe überrascht.

»Aber natürlich ... Sie hat recht«, sagte der andere. » In ihrem Zimmer, das ist viel besser ...«

Der Druck seiner Hand in meinem Nacken lockerte sich.

Ich bin aufgestanden. Monsieur Aspen ebenfalls. Ich habe meine Reisetasche genommen.

»Ihr Zimmer ist im zweiten Stock«, sagte Monsieur Aspen.

»Sieh zu, daß du unsere Babysitterin gut für mich vorbereitest«, sagte der andere mit seiner piepsigen Stimme. »Ich komme in einer halben Stunde nach ...«

Und wieder lächelte er mich an.

»Ich werde mein Möglichstes tun«, sagte Monsieur Aspen.

» Ja ... Genau ... Dein Möglichstes ...«

Und er brach in ein Gelächter aus, das noch piepsiger war als seine Stimme.

Wir gingen aus dem Salon. Wieder stieg ich hinter ihm die Treppe hoch.

Ein geräumiges Schlafzimmer, ein großes Bett und Wände, die mit einem blaßgelben Stoff bespannt waren. Das Zimmer grenzte an ein Bad, dessen Tür weit offenstand. Zwischen den beiden Fenstern eine Frisierkommode voller Kämme, Puderdosen, Parfümfläschchen. Ich habe begriffen, daß dies nicht mein Zimmer war. In der Tür steckte ein kleiner Schlüssel. Er schloß die Tür ab. Den Schlüssel ließ er in seine Tasche gleiten. Ich wurde immer ruhiger.

»Kann ich einen Augenblick ins Badezimmer gehen, Monsieur?«

Er nickte. Dann drückte er mir einen Fünfzig-Franc-Schein in die Hand, als sei das ein Trinkgeld.

»Heute nacht kannst du mich weiter Monsieur nennen ... Das gefällt mir ...«

Ich bin mit meiner Reisetasche ins Badezimmer gegangen. Ich habe die Tür zugemacht und einen der Wasserhähne am Waschbecken aufgedreht. Ich ließ das Wasser einfach laufen. Ich habe mich auf den Badewannenrand gesetzt und in meiner Tasche gewühlt. Ich habe den Revolver und die kleine Schachtel hervorgeholt, in der die Kugeln waren. Ich habe den Revolver geladen. Es würden ja doch immer dieselben Bewegungen sein. Dieselben Jahreszeiten. Dieselben Seen. Dieselben Sonntagabendbusse. Montag. Dienstag. Freitag. Januar. Februar. März.

Mai. September. Dieselben Tage. Dieselben Leute. Um dieselbe Zeit. Immer noch fünf Finger, wie mein Vater zu sagen pflegte.

Ich bin in das Zimmer gegangen. Er wartete auf mich, in einem Sessel neben der Frisierkommode. Er ist zusammengezuckt. Er hat seine schweren Lider aufgerissen. Was das Schießen angeht, besitze ich wohl dieselbe Begabung wie mein Vater, denn ich habe Monsieur mit dem ersten Schuß getötet.

3

Wahrscheinlich habe ich viele Einzelheiten vergessen, aber wenn ich an jene Zeit zurückdenke, höre ich noch das Klappern der Hufe.

Ich war im Januar in Paris eingetroffen, mit neunzehn Jahren. Ich kam aus London. Ein Österreicher, dem ich im Herbst davor in Notting Hill begegnet war, hatte mir den Schlüssel seines Ateliers in Paris anvertraut. Er wollte für längere Zeit nach Mallorca fahren, und es war ihm lieber, wenn während seiner Abwesenheit jemand in dem Atelier wohnte. Ich hatte seinen Vorschlag angenommen.

Ich kannte das Viertel, in das ich gehen sollte, überhaupt nicht. Ich mußte in die Rue Chauvelot, in der Nähe der Metrostation Porte-de-Vanves. Das große Glasfenster des Ateliers ging auf einen kleinen Garten und ein Häuschen, die verwahrlost wirkten. Als ich auf einmal allein dort stand, fragte ich mich, ob ich es hier aushalten würde. Ich hatte London aus einer plötzlichen Anwandlung heraus verlassen, weil nichts mehr mich dort festhielt. Und hier in Paris, in diesem unbekannten Viertel, war ich abgeschnitten von der Welt.

In der ersten Nacht im Atelier brauchte ich lange, bis ich einschlafen konnte. Alles war still, so als ob in dem

Gebäude niemand wohnte. Sehr früh am Morgen bin ich durch das Klappern der Hufe geweckt worden. Ich sagte mir, daß da sicher ein Kavallerieregiment ganz in der Nähe über den Boulevard ritt.

In jener letzten Januarwoche war das Wetter schön, der Himmel von zartem Blau. Ein Tag nach dem anderen verging unter demselben blauen Himmel und derselben Sonne. Ich besaß noch zweitausend Franc von dem Geld, das ich bekommen hatte, als ich bei Barker's entlassen worden war. Damit konnte ich einen Monat durchhalten, anschließend würde ich nach London zurückmüssen.

Zwei oder drei Tage nach meiner Ankunft hat morgens gegen elf das Telephon geklingelt. Ich war gerade erst wach geworden. Eine Frauenstimme hat nach Georg Cramer gefragt, so hieß der Österreicher. Ich sagte, er sei verreist. Schweigen. Dann hat die Frau mich gefragt, wer ich sei. Ich sagte, ich würde während der Abwesenheit des Österreichers das Atelier hüten. Sie hinterließ ihren Namen und ihre Telephonnummer, damit ich sie ihm weitergab, falls er sich bei mir melden sollte. Sie würde auf jeden Fall innerhalb der nächsten Wochen wieder anrufen.

Ich dachte mir, daß dieses Telephon auf dem Nachttisch nutzlos war. Ich hatte Frankreich vor zu langer Zeit verlassen, um mich noch irgendwem wieder in Erinnerung zu bringen. Auch wenn ich noch so sehr überlegte, wen ich anrufen könnte, nein, da war niemand. Nichts würde den Lauf meiner Tage hier stören. Doch ab sechs Uhr abends wurde meine Beklemmung so groß, daß ich mir am Ende sagen mußte: Ich kann immer noch die Frau anrufen, die mir ihre Nummer hinterlassen hat. Ich hatte sie auf einen Zettel geschrieben und in die Schublade des

Nachttischs gelegt. Ich zog die Lade auf. Ich las die Nummer. *Auteuil* 15-28. Ich kannte sie auswendig. Und vielleicht würde ja auch Georg Cramer anrufen und fragen, ob alles in Ordnung war. Und die Frau hatte gesagt, sie würde sich wieder melden. Ich konnte mich wirklich nicht beklagen.

Am frühen Nachmittag nahm ich die Metro an der Station Porte-de-Vanves und stieg in Montparnasse aus. Von hier ging ich über die Rue de Rennes und die Rue de Vaugirard in den Jardin du Luxembourg und ins Quartier Latin. Immer noch dieser blaue Himmel und diese Januarsonne. Ich flanierte durch die Buchhandlungen und die Cafés am Boulevard Saint-Michel. Die Gruppen von Studenten auf dem Boulevard beruhigten mich. Ich hätte auch gern eine Mappe getragen, mir Vorlesungen angehört und einen Stundenplan gehabt. Ich hätte auf das rechte Seineufer hinübergehen können, in die Gegend um die Champs-Élysées oder die Grands Boulevards, aber im Augenblick gefiel mir dieses Viertel hier besser. Immerhin war es auch das Viertel, in dem man die meisten Leute meines Alters traf.

Oft besuchte ich zwei Kinovorstellungen am Tag, und wenn ich am Abend zwischen den anderen saß, in den kleinen Sälen der Rue Champollion, kurz bevor der Film anfing, dann vergaß ich meine Einsamkeit. Aber nach dem Kino stieg wieder diese Beklemmung in mir auf. Ich mußte mich auf den Rückweg machen, Rue de Vaugirard, Rue de Rennes, bis Montparnasse. Und die Beklemmung wurde während der Fahrt in der Metro, in dem fast leeren Wagen, noch größer. Ich hatte den Eindruck, das Atelier dieses Georg Cramer liege wirklich am Ende der Welt, und dieser Eindruck bestätigte sich, wenn ich die Station

Porte-de-Vanves verließ und noch ein paar Minuten zu Fuß gehen mußte.

Nach diesen ersten Tagen mit Sonne und blauem Himmel herrschte wieder Winterwetter. Das Grau-in-Grau und die Kälte des Januar verstärkten mein Unbehagen. All die Leute meines Alters, unter die ich mich in den Cafés oder den kleinen Kinosälen zu mischen suchte, kamen mir wie Fremde vor. Oder ich war vielmehr die Fremde. Ich hörte sie reden, ich verstand ihre Sprache nicht mehr, und ich war mir sicher, daß es auch ihnen Mühe gemacht hätte, mich zu verstehen. Ich versuchte mir diese Empfindungen zu erklären, denn ich war nie menschenscheu gewesen. Begonnen hatte es in London, am Tag nach meiner Entlassung bei Barker's. Seit eineinhalb Jahren war ich daran gewöhnt, in einem Kaufhaus zu arbeiten. Ich mochte diese Arbeit nicht besonders, aber ohne sie waren die Tage auf einmal leer. Ja, es hatte in London begonnen. Und sogar schon, als ich noch bei Barker's war.

Bei Einbruch der Nacht legte sich meine Beklemmung. Die Nacht in Paris, mit dem Kontrast zwischen Dunkelheit und Lichtern, kam mir aufrichtiger vor als diese nebelverhangenen Tage, an denen man sich fragte, ob es wirklich Tag war, und an denen man das Gefühl hatte, vom Grau überwuchert und langsam ausgelöscht zu werden.

Ich ging nicht mehr vor Einbruch der Nacht aus dem Atelier. Ich ließ den ganzen Nachmittag das Transistorradio oder den Plattenspieler laufen, wegen der Stille, die mich bedrückte. In den Regalen an der hinteren Wand standen viele Bücher, und ich zog aufs Geratewohl eines heraus. Aber während ich las, ließ ich das Radio oder den Plattenspieler an. Diese Bücher erzählten von Reisen, fernen Ländern oder einsamen Inseln. Reiseführer, Stadtpläne, Seekarten. Man konnte sehr gut den ganzen Tag in diesem Atelier an der Porte de Vanves bleiben und durch die Welt gondeln. Ich fühlte mich besser, während ich las, und das ermutigte mich, Reisepläne zu schmieden. Schließlich war ich frei und konnte gehen, wohin ich wollte, aber fürs erste hatte ich nicht vor, allzuweit zu verreisen.

Gegen sechs Uhr abends verließ ich das Atelier. In der Metro habe ich meinen ersten richtigen Panikanfall bekommen. An jenem Abend hatte ich beschlossen, das Viertel zu wechseln. Der übliche Fußweg durch die Rue de Rennes und die Rue de Vaugirard schreckte mich ab. Wahrscheinlich, weil ich dabei immer denselben Straßen folgte, um dann im selben Viertel, dem Quartier Latin, zu landen, das mir von Mal zu Mal grauer vorkam.

Von Montparnasse aus wollte ich bis zur Station Champs-Élysées weiterfahren und dort aussteigen. Ich nahm den langen Gang mit dem Hinweisschild: Richtung Porte de la Chapelle. Ich geriet in das Stoßzeitgetümmel. Nun mußte ich geradeaus, sonst lief ich Gefahr, niedergetrampelt zu werden. Der Menschenstrom floß langsam dahin. Wir waren dicht aneinandergedrängt, und der Gang wurde immer schmaler, je näher wir der Treppe kamen, die zum Bahnsteig hinunterführte. Ich konnte nicht mehr zurück, und da ich mich mitziehen ließ, hatte ich das Gefühl, mich in der Menge aufzulösen. Ich würde vollkommen verschwinden, noch bevor ich das Ende des Gangs erreicht hatte.

Auf dem Bahnsteig sagte ich mir, daß ich es nie schaffen würde, mich zu befreien. Ich würde von der Masse der Leute rings um mich in einen Wagen gestoßen werden.

Dann würde an jeder Station ein neuer Strom von Fahrgästen hereindrängen und mich noch weiter ins Wageninnere schieben.

Der Zug hat gehalten. Sie haben mich herumgeschubst, aber ich konnte mich befreien, indem ich mich von den Aussteigenden mitreißen ließ. Irgendwann stand ich an der frischen Luft. Ich war wieder lebendig. Mit lauter Stimme sagte ich mir mehrmals meinen Vornamen, meinen Namen, mein Geburtsdatum vor, um mich zu vergewissern, daß ich wirklich ich war.

Ich ging ziellos weiter. Zum Glück war es Nacht und die Luft eiskalt. Ich fühlte mich erleichtert, daß die Lichter so klar und funkelnd waren und die Ampeln in regelmäßigen Abständen rot wurden und grün.

Dank dieser Nacht und dieser kalten Luft war ich plötzlich aus einem schlimmen Traum erwacht, in dem ich durch sumpfiges Gelände stapfte. Jetzt war das Trottoir unter meinen Füßen fest. Um zum Atelier zurückzukehren, brauchte ich nur geradeaus zu gehen. Mein Verstand war nie so klar gewesen, als hätte ich ein Aufputschmittel genommen – das tat ich manchmal nachmittags in London, bei Barker's, ich nahm Vitamin C, wenn ich mich nicht mehr auf den Beinen halten konnte. Plötzlich war ich mit einem geheimnisvollen Orientierungssinn ausgestattet. Ich ging die Straßen entlang, geradeaus. Später erfuhr ich ihre Namen, Rue du Docteur-Roux, Rue Dutot. Ich war mir sicher, daß es der kürzeste Weg war, um zum Atelier zurückzukehren. Ich bin auf einen ruhigen Platz gekommen, wo man glauben konnte, in einer kleinen Provinzstadt zu sein, die Place d'Alleray. Ein Café war noch erleuchtet. Ich bin hineingegangen. Ich habe einen Martini bestellt. Dieser Name war mir wieder eingefallen, ohne daß ich gewußt hätte warum, wie eine Kindheitserinnerung.

Von diesem Abend an wagte ich nicht mehr, die Metro zu nehmen. Um der Stoßzeit zu entgehen, mußte ich das Atelier am frühen Nachmittag verlassen, aber ich stellte mir das unvermeidliche Umsteigen in Montparnasse vor, den langen Gang … Und der einzige Bus, der an der Porte de Vanves vorbeikam, fuhr nicht über die Viertel am linken Seineufer hinaus und folgte dem Weg, den ich in Zukunft vermeiden wollte: Rue de Rennes, Rue de Vaugirard …

Am nächsten Tag bin ich am frühen Nachmittag wieder in das Café an der Place d'Alleray gegangen. Es war nicht nötig, mit der Metro lange Fahrten durch Paris zu machen. Ich blieb besser in der Umgebung des Ateliers und bewegte mich nur zu Fuß, so als ob ich in einem Dorf wohnte.

Ein paar Tage lang wieder blauer Himmel und Wintersonne. Ich setzte mich immer an einen Tisch auf der Terrasse, und von hinten im Saal drang das Tacken des Flippers zu mir heraus. Jeden Nachmittag von zwei bis halb drei spielte dort jemand, ein dunkelhaariger Mann in einem weißen Kittel, der in einer nahegelegenen Klinik arbeitete. Genau um halb drei verließ er das Café und ging bis zu der Klinik. Auch diese Pünktlichkeit beruhigte mich. Der Boxerhund des Wirts legte sich gegen drei vor den Eingang auf das Trottoir. Ungefähr zur gleichen Zeit öffnete sich das Tor der Druckerei gegenüber, ein Lieferwagen fuhr heraus und hielt vor dem Café. Zwei ziemlich junge Männer stiegen aus und kamen an die Theke ein

Glas trinken. Einer von ihnen steckte eine Münze in die Jukebox, und dann hörte man immer dasselbe Lied: *A Whiter Shade of Pale,* und das erinnerte mich an London. Sie verließen das Café wieder. Der jüngere nickte mir jedesmal mit einem Lächeln zu. Ihr Lieferwagen verschwand um die Ecke der Rue d'Alleray. Und der Hund stand ein paar Minuten später auf und trottete ins Café zurück. Danach, bis zum späten Nachmittag, niemand mehr.

Und an so einem späten Nachmittag habe ich auch begriffen, warum ich oft, sehr früh am Morgen, dieses Hufeklappern hörte. Vom Café an der Place d'Alleray war ich durch eine Straße, die ich nicht kannte, die Rue Brancion, zurück ins Atelier gegangen. Eigentlich war es der kürzeste Weg, aber normalerweise nahm ich die Rue Castagnary. Und während der ersten Tage lief ich nie durch das Viertel, nur die paar Schritte bis zur Metro.

An jenem späten Nachmittag in der Rue Brancion bin ich an den Pferdeschlachthöfen von Vaugirard vorbeigekommen. Das stand über einem der Gittertore. Ich ging auf dem Trottoir gegenüber. Mehrere Cafés, eines hinter dem anderen. Bei einem stand die Eingangstür weit offen. Mir fiel das Sägemehl am Boden auf, und es war mit Blut befleckt. An der Theke redeten drei massige, rotgesichtige Männer leise miteinander. Einer von ihnen zog eine riesige Brieftasche aus seinem Jackett. Sie war vollgestopft mit Geldscheinen, die er zu zählen begann, indem er mit der Zunge den Zeigefinger anfeuchtete. Ich habe mich gefragt, ob sie es waren, die die Pferde töteten. Ein paar Tage später bin ich sehr früh durch die Straße gegangen, an einem Morgen, an dem der Pferdemarkt abgehalten wurde. Andere Männer wie sie, genauso massig, genauso rotgesichtig in ihren Überziehern, standen vor den Gittertoren auf dem Trottoir.

Obwohl ich für gewöhnlich bis Mittag schlief, wachte ich nun immer früher auf, selbst dann, wenn ich noch lange nach Mitternacht gelesen oder Musik gehört hatte. Eines Morgens bin ich noch früher aufgewacht. Es war stockdunkel, und ich wollte im Terminus frühstücken, einem der beiden Cafés in der Nähe des Ateliers, am Boulevard Lefebvre. Und da habe ich zum ersten Mal eine ganze Reihe von Pferden gesehen. Ich sah sie aus der Dunkelheit treten und den menschenleeren Boulevard Lefebvre entlanggehen. Dasselbe Hufeklappern, derselbe Rhythmus, wie ich es sonst ein wenig leiser im Halbschlaf hörte. Es waren nur etwa zehn Tiere. Diesmal sah ich sie. Seitlich von ihnen, fast am Anfang der Reihe, zog ein Mann eines der Pferde am Halfter. Ich war ihm schon irgendwo begegnet. Vielleicht an der Metrostation. Ich hatte bemerkt, daß er diese weiße Hose eines Gardian, eines Viehhirten aus der Camargue, und diesen Lederblouson trug, und um den Hals ein Tuch. Er war ziemlich groß, mit schwarzen Haaren und einem welken Gesicht. Und jetzt marschierte er die Straße herunter und zog dauernd dieses Pferd am Halfter Sie sind an dem Café vorbeigegangen und in die Rue Brancion gebogen. Ich sah sie nicht mehr, aber ich hörte noch das Klappern der Hufe, und ich blieb reglos stehen und wartete auf den Augenblick, da ich es nicht mehr hören würde.

Der Wirt hinter seiner Theke beobachtete mich. Er sagte mir, daß es an dem Morgen nicht viele Tiere waren und daß sie über die Boulevards aus Neuilly gekommen waren. Er hatte sie an ihrer Gangart erkannt. Dressurpferde, die man loswerden wollte. Das kam hin und wieder vor.

Pferde, die in eleganten Vierteln unter reichen Leuten gelebt hatten.

»Keine Angst ... Diese Herren von den Schlachthöfen kommen nicht in mein Café. Sie frühstücken weiter oben.«

Und mit einer vagen Handbewegung deutete er auf die Rue Brancion, wo die Reihe der Pferde verschwunden war.

Von da an mied ich die Rue Brancion. An jenem Morgen sagte ich mir, daß ich nicht länger in diesem Viertel bleiben konnte. Aber wohin sollte ich gehen? Ich hatte nicht genug Geld, um ein anderes Zimmer zu mieten. Und nach London wollte ich nicht zurück. Doch selbst wenn ich in einem anderen Viertel wohnte, weit von hier entfernt, es würde nichts ändern. In meinem Kopf würde es immer diese Reihe von Pferden geben, die durch die Nacht gingen und um die Straßenecke bogen, und diesen Kerl in der Hose eines Gardian, der eines von ihnen am Halfter zog – ein schwarzes Pferd. Es wollte nicht weitergehen, und sicher wäre es ausgerissen, wenn es gekonnt hätte.

Ich hatte wieder versucht, die Metro zu nehmen. Doch in Montparnasse hatte ich nicht mehr den Mut aufgebracht weiterzufahren. Also war ich zu Fuß zurückgegangen, bis zu dem Café an der Place d'Alleray. Eigentlich hätte ich herausfinden müssen, ob es in der Nähe eine Haltestelle für einen Bus gab, mit dem ich ans rechte Seineufer gelangen konnte. Aber ich ließ die Tage verstreichen, ohne mich zu erkundigen. Schließlich mußte ich mir eingestehen, daß ich unfähig geworden war, längere Strecken zurückzulegen. Wenn ich mich zu weit vom Atelier entfernte, befürchtete ich abzudriften, meine letzten Orientierungspunkte zu verlieren und mich langsam von diesem Grau durchdringen zu lassen, bis ich mit ihm verschmolz und vergaß, wo ich wohnte. In meinen Träumen ging ich oft eine Straße entlang – eine Straße, bei der ich mich fragte, ob sie in London war oder in Paris –, und ich wußte nicht mehr, wie ich wieder nach Hause finden sollte und ob ich wirklich irgendwo wohnte. Ich hatte in der Nähe des Ateliers ein Kino entdeckt, das Versailles, ganz am Ende der Rue de Vaugirard. Der kürzeste Weg führte über den Boulevard Lefebvre. Auf diese Weise vermied ich die Schlachthöfe. Ich ging fast jeden Abend gegen neun dorthin, und es war mir völlig egal, mehrmals denselben Film zu sehen. Immer wenn ich in einem Sessel der hintersten Reihen saß, fühlte ich mich wohl. Am Ende vergaß ich sogar, daß das Kino im Schlachthofviertel lag. Warum hatte mir der Österreicher in London nicht gesagt, daß er in diesem Viertel wohnte? Wenn ich es gewußt hätte, dann hätte ich seinen Vorschlag wohl nicht angenommen. Aber jetzt war es zu spät.

Nach den Kinovorstellungen kehrte ich auf demselben Weg ins Atelier zurück. Am gegenüberliegenden Trottoir Wohnblöcke mit dunklen Fenstern, ausgenommen eines im ersten Stock. Es war immer erleuchtet, und wahrscheinlich las dort gerade jemand oder wartete auf einen Besuch, jemand, mit dem ich hätte reden können. Mir wurde jetzt klar, daß es besser war, nicht allein zu sein, und ich hatte Angst, schon wenig später vom Klappern der Hufe geweckt zu werden. Von diesem erleuchteten Fenster mußte man es noch deutlicher hören, dieses

Klappern, und man sah die Pferde vorbeimarschieren. Seit Jahren hatten die Person, die hier wohnte, und alle anderen, deren Fenster auf den Boulevard gingen, im Morgengrauen, die Pferde vorbeimarschieren sehen wie ich. Ich hätte gern von ihnen gehört, was für ein Gefühl sie dabei hatten. Wir waren nur ein paar, die Bescheid wußten, unter den Millionen von Leuten, die in dieser Stadt wohnten.

Ich war an der Rue Brancion angekommen. Sie war leer, still. Um diese Zeit hatten die Cafés geschlossen. Ich erinnerte mich an alle Einzelheiten, die der Wirt des Terminus mir erzählt hatte. Die »Schlächter«, wie er sagte, nahmen nach der Arbeit gegenüber von den Schlachthöfen ihr zweites Frühstück ein, dort, wo mir das blutbefleckte Sägemehl am Boden aufgefallen war. Die Typen mit ihren Brieftaschen waren Pferdehändler, Metzger. Die »Schlächter« brauchten keine zehn Minuten, um ein Pferd zu töten. Die anderen kauften und verkauften die Tiere montags und donnerstags. Sie bezahlten immer in bar, sie zogen das Geld nicht nur aus ihren Brieftaschen, manchmal hatten sie es auch in Schuhschachteln gestopft, und manchmal, beim Mittagessen, hatten sie die Banknotenbündel in Servietten eingewickelt, und das alles im Geruch von Blut, vom geronnenen Blut auf den Schuhen und Schürzen der »Schlächter«. Die Pferde kamen nicht nur aus Neuilly, sondern außerdem mit Lastwagen, per Bahn, und das Hufeklappern, das man am Morgen hörte, stammte auch von den Tieren, die man aus den Ställen im Viertel abholte. Diese Ställe, in denen die Pferde warteten, waren hier überall zu finden, ganz in der Nähe. Das Geschacher ging um vier in der Früh los. Die Lastwagen, die Waggons, die Bündel Geldscheine, die sie einander an den Kaffeehaustischen zuschoben ... Der Kerl in der engen weißen Hose und der Lederjacke, der am Halfter zog, war vergangenes Jahr im Viertel aufgetaucht. Man gab ihm ein bißchen Geld für seine Arbeit. Niemand wußte, wo er herkam. Vielleicht aus der Camargue. Er wurde der »Gardian« genannt. Der Wirt des Terminus hatte mir das alles mit leiser, sanfter, fast klagender Stimme erklärt, die wie ein dünner, lauwarmer Wasserstrahl aus seinem Mund rann. Man hätte glauben können, er habe meine Anwesenheit vergessen und rede mit sich selbst. Und als ich aufgestanden war, um hinauszugehen, redete er weiter, zählte noch mehr Details auf, aber ich konnte ihm nicht länger zuhören. Ich wollte frische Luft schöpfen, Paris verlassen und ans Ufer eines blauen Meeres fahren, wie dieser Österreicher, der mir den Schlüssel seines Ateliers anvertraut hatte, ohne mir ein Wort zu sagen.

Ich blieb immer länger dort und las oder hörte Platten. Und ich sagte mir, daß es kein Zufall war, wenn ich allein am Stadtrand von Paris gestrandet war. Ich hatte mich einer Grenze genähert, für eine Weile war ich noch auf der Durchreise, aber bald würde ich die Grenze überschreiten und ein neues Leben kennenlernen. All diese Bücher in den Regalen an der Wand ließen an Aufbruch denken. Der Österreicher hatte bestimmt nur zwischen zwei Flugzeugen hier gewohnt, das Atelier war nur eine Zwischenstation für ihn, er hatte keine Zeit gehabt festzustellen, was in dem Viertel alles geschah ... Und übrigens, wenn ich im Morgengrauen nie das Hufeklappern gehört hätte, wäre dieser Ort auch für mich eine wahre Zuflucht gewesen. In dem kleinen Hof, auf den Stufen des Häuschens, hatte jemand eine Terrakottabüste vergessen, die Büste einer Frau, und einen großen Steinblock, der schon bearbeitet war. Wahrscheinlich hatte ein Bildhauer hier gewohnt. Ein Baum in der Mitte des Hofes. Im Frühling, wenn man auf dem Bett lag, konnte man sehen, wie sich seine Blätter hinter dem großen Fenster sachte wiegten.

Ich wartete immer voll Zuversicht auf den frühen Nachmittag, um dann bis zur Place d'Alleray gehen zu können. Das war der einzige Augenblick des Tages, wo ich mich ein wenig wohler fühlte, ähnlich wie am Abend im Kino in der Rue de Vaugirard. Dort, im Café, wiederholte sich alles mit der Genauigkeit eines Uhrwerks. Das Tacken des Flippers, der Mann im weißen Kittel, der um Punkt halb drei den Platz überquerte und bis zur Klinik ging, der Hund, der vor dem Eingang auf dem Trottoir lag, der parkende Lieferwagen, die zwei Männer an der Theke, und einer von ihnen, der mir beim Weggehen zulächelte. Das war doch Beweis genug, daß auch ich um diese Zeit meinen festen Platz im Café hatte, unter den anderen.

Und jedesmal drückte einer der beiden Männer auf der Jukebox *A Whiter Shade of Pale.* Fast, als hätte er dieses Lied für mich ausgesucht. Am Anfang hörte ich nur zerstreut hin. Nicht mehr als eine Hintergrundmusik, so wie das Flippergeratter, eine Musik, die einen einlullt und die eigene Einsamkeit fast angenehm macht. Beim Zuhören dachte ich an jene Morgen, an denen ich sehr früh wach wurde und den Ladbroke Grove nahm, um zu Barker's arbeiten zu gehen. Die Arbeit bei Barker's war quälend, aber diese Morgen hoben sich in meiner Erinnerung ab vom übrigen Tag. Sie waren eine Erholungspause und ein Versprechen, selbst im Winter, wenn es dunkel war. Und an den ersten Frühlingstagen bekamen die Bäume wieder ihre weißen und rosa Blüten. Ich hatte Barker's und den Rest des Tages vergessen. Es blieben nur noch diese Morgen, an denen ich den Ladbroke Grove entlangging, in der Dunkelheit oder bei Sonnenschein, mit dem Gefühl, mir würde etwas Neues passieren.

Diese Musik hat mich irgendwann auch an den Nachmittag erinnert, an dem wir spazierengegangen waren, René und ich, mit dem Hund. Ein paar Tage vor Renés Abreise. Ein Samstag, Markttag in Portobello. Ich hatte mir bei Barker's freigenommen. Ich hatte Urlaub, aber das half nichts. René würde wegfahren. Ich hatte Angst vor all den langen und leeren Tagen, die ich ohne René würde verbringen müssen. Ein sonniger Samstag. Am Anfang der Portobello Road, auf der Höhe der ehemaligen Schule, stand mitten auf dem Weg ein großer Typ mit einer Rolleiflex. Ein Straßenphotograph. In dem Augenblick waren nicht sehr viele Leute da, und wir sind ihm aufgefallen. Er hat ein Photo von uns beiden und dem Hund gemacht. Er hat mir einen Zettel hingestreckt, auf dem eine Nummer stand, und den sollte ich in der kommenden Woche in das Geschäft bringen, für das er arbeitete, wenn ich das Photo haben wollte.

Danach sind wir in die ehemalige Schule gegangen, die zu einem Antiquariat umgebaut worden war. René hat sich ein paar Bücher ausgesucht, und wir sind mitten im Samstagsgedränge durch die Portobello Road spaziert.

In der folgenden Woche war René nicht mehr da. Am späten Freitagnachmittag beschloß ich, das Photo abholen zu gehen. Das Geschäft war weit weg, in Hammersmith. Ich habe die U-Bahn genommen. Um den Zettel nicht zu verlieren, hatte ich ihn in einen Umschlag gesteckt. Es würde das einzige Photo von mir und René sein. Es gibt Leute, die einem in Alben geklebte Photos von sich zeigen, aus jedem Abschnitt ihres Lebens. Sie haben das Glück, immer einen Photoapparat in Reichweite zu haben, der ihr Zeuge ist. Wir hatten nie über so etwas nachgedacht, René und ich. Wir begnügten uns damit, in den Tag hinein zu leben.

Von der U-Bahnstation mußte ich noch lange die King Street hinuntergehen, bevor ich zu dem Geschäft kam. Ich fürchtete, es könnte geschlossen haben. Doch es war offen. Viele Kunden drängten sich vor dem Ladentisch, hinter dem zwei dunkelhaarige Männer standen, die ihnen ihre Photos gaben oder denen die Kunden Filme zum Entwickeln brachten. Dann war ich an der Reihe. Ich habe einem der beiden Männer meinen Zettel hingehalten. Er hat einen zerstreuten Blick darauf geworfen. Er behielt den Zettel in der Hand und kümmerte sich weiter um die anderen. Ich habe ihn gefragt, ob ich mein Photo haben könnte. Er gab mir unfreundlich zur Antwort:

»Ich kümmere mich nicht um diese Photos. Sie müssen warten.«

Ich blieb stehen, andere traten ins Geschäft, kamen an den Ladentisch und erhielten für ihren Abholschein ihre Photos. Der Dunkelhaarige hatte nicht einmal mehr meinen Zettel in der Hand. Ich hätte mich auf den Stuhl ganz hinten im Raum setzen und auf den Geschäftsschluß warten können. Aber es war besser, in der Nähe des Ladentisches stehenzubleiben, sonst würden sie mich in der Masse der Kunden, die kamen und gingen, vergessen. Wieder habe ich versucht, die Aufmerksamkeit des Dunkelhaarigen auf mich zu lenken, indem ich ihn ansprach, aber er tat, als höre er mich nicht, und wich meinem Blick aus.

Ich fragte mich, wo er meinen Zettel hingelegt hatte. Ich gab mir Mühe, ihm so nahe wie möglich zu bleiben und ihn nicht aus den Augen zu lassen. Ein Dunkelhaariger von circa dreißig Jahren mit herablassender Miene. Er hatte einen kalten und hochnäsigen Ton angeschlagen, als er zu mir sagte: »Ich kümmere mich nicht um diese Photos.« Ich habe einen Augenblick ausgenutzt, in dem niemand an den Ladentisch kam. Ich habe ihn noch einmal gefragt, ob er mir mein Photo geben könnte. Mit einer achtlosen Geste hat er den Zettel aus seiner Jackentasche gefischt. Wenn ich nichts zu ihm gesagt hätte, hätte er ihn bestimmt in seiner Tasche gelassen und später zerrissen. Er sah zerstreut auf die Nummer. Dann drehte er sich um und suchte in einem Ablagefach, in dem dicht hintereinander viele Umschläge standen. Er blätterte sie mit einer lässigen Handbewegung der Reihe nach durch, und ich sah, daß er ans Ende kam. Er machte es zu schnell. Ich hatte den Eindruck, daß er die Nummern auf den Umschlägen nicht einmal anschaute. Dann hat er sich zu mir umgedreht.

»Unter dieser Nummer ist nichts da.«

Er hat mir den Zettel mit einem kalten Lächeln zurückgegeben. Ich fragte ihn, ob er ganz sicher sei und ob er nicht noch einmal nachsehen könne.

»Nein. Nein. Unter dieser Nummer ist nichts da.«

Ich war jedoch überzeugt, daß das Photo da war, in einem der Umschläge. Ich brachte noch den Mut auf zu fragen:

»Könnte ich nicht selber nachsehen?«

»Ich sage Ihnen noch einmal, unter dieser Nummer ist nichts da.«

Die Stimme war noch unfreundlicher, der Blick so kalt,

daß der Typ mich überhaupt nicht zu sehen schien. Wahrscheinlich war ich seinen Blick nicht wert. Ich begriff, daß nichts mehr zu erhoffen war.

Auf der Straße habe ich mir den Zettel nochmals angesehen. Nummer 0032. Unter normalen Umständen hätte ich dem, was mir soeben passiert war, keine Bedeutung zugemessen. Auch nicht der Stimme dieses Typen, die in meinem Kopf fast wie ein Todesurteil widerhallte. Wenn René bei mir gewesen wäre, hätten wir das Photo bekommen können. Der Typ hätte sofort einen anderen Ton angeschlagen. Plötzlich wollte ich in das Geschäft zurückgehen und ihm sagen: »Mein Freund wird Ihnen die Fresse polieren, wenn Sie mir das Photo nicht geben«, aber dieser Anfall von Zorn verebbte und kam mir lächerlich vor. René war nicht mehr da. Es bestand wenig Aussicht, daß ich ihn jemals wiedersehen würde.

All die Augenblicke, die wir miteinander verbracht hatten, waren ins Leere gekippt. Man hatte die einzige Spur unserer Existenz, der von René, von mir, von dem Hund, beseitigen wollen, das einzige Bild, auf dem wir gemeinsam zu sehen waren.

Ich ging weiter die King Street entlang. Ich war mir bei nichts mehr sicher, das Trottoir gab unter meinen Füßen nach und schwankte, als würde ich bei stürmischer See über ein Schiffsdeck gehen. Ja, dieser dunkelhaarige Typ mit seiner metallischen Stimme und seinem herablassenden Blick hatte uns über Bord geworfen, René, mich und den Hund. In den darauffolgenden Nächten habe ich davon geträumt, und jedesmal schreckte ich aus dem Schlaf und brauchte eine ganze Weile, um mich zu überzeugen, daß ich nicht wie ein Stein versunken war, und um wieder Atem zu schöpfen. Abermals sah ich diesen Mann hinter seinem Ladentisch. Warum ging ich nicht in das Geschäft zurück und erklärte ihm in aller Ruhe, daß ich dieses Photo brauchte und bereit war, ihm den dreifachen Prés zu bezahlen, wenn er es mir nur gab? Ich war zu allem bereit, wenn er mir dieses Photo gab. Aber schließlich sagte ich mir, daß es sich nicht lohnte. Da war wirklich nichts zu erhoffen. Mein erster Eindruck ist wahrscheinlich richtig gewesen: Dieser Typ mochte Frauen nicht. Ich hatte es an seinem Blick erraten, am metallischen Klang seiner Stimme, an etwas Beunruhigendem auf den Lippen. René hatte mir von Männern dieser Art erzählt, für die Frauen nicht existieren. Sie verabscheuen die Liebe mit Frauen. Und sie trauen sich nicht, Männer zu lieben. Warum? René hatte mir erklärt, daß sie keusch bleiben. Sie sind schuld daran, daß Kriege ausbrechen. Hitler war so, meinte René. Und auch Robbespierre. Er hätte gern ein Buch darüber geschrieben. Er hatte Material gesammelt, Photos. Auf ihnen sah man Typen mit harten Gesichtern, wie aus Stein gehauen, die René »Soldatenmönche« nannte. Blondschöpfe mit nackten, glatten Oberkörpern defilierten in Reih und Glied, andere waren fett, bartlos, mit kahlrasierten Schädeln. Auf einem Photo schlugen sie die Fensterscheiben von Geschäften ein und zwangen die Leute, die Glasscherben aufzuheben und die Gehsteige sauberzumachen. Ihr Anführer trug eine kurze Hose, eine Lederhose, obwohl er ein Mann in reifem Alter war, dickbäuchig, mit einem weichlichen und zugleich strengen Gesicht. Er lächelte, während er die armen Teufel betrachtete, die auf Knien den Gehsteig schrubbten. René hatte mir erklärt, daß dieser Dickwanst unberührt war. Er würde sehr alt sterben, ohne jemals die Liebe gekannt zu haben, umgeben von einem Geruch aus Leder und kalter Asche.

Ich habe mich gefragt, was der Dunkelhaarige mit unserem Photo tun würde. Irgendwann würde er es zerreißen. Oder in der Masse der anderen Photos vergessen, die nie jemand abholen gekommen war oder die er bestimmten Kunden nicht ausgehändigt hatte mit der Ausrede, daß unter dieser Nummer nichts da war. Im Grunde genommen war es keine Bosheit, sondern vielleicht Überdruß und Gleichgültigkeit. Seine Arbeit, immer auf den Beinen hinter dem Ladentisch, war genauso eintönig wie meine bei Barker's. Und diesmal hatte es mich erwischt. Ich war im falschen Augenblick gekommen. Es hätte jemand anderen erwischen können, wie in der Lotterie, und die Nummer 0032 war eben nicht die richtige Nummer.

Ich habe auf der King Street kehrtgemacht und bin bis zur U-Bahnstation gegangen, aber das Trottoir schwankte immer noch. Von diesem Abend an hat sich alles für mich verändert. Plötzlich gab es einen Riß in meinem Leben, während es zuvor ziemlich glatt gewesen war und nichts meine Zuversicht erschüttert hatte.

Das stellte ich an den folgenden Tagen fest, wenn ich an der Stelle vorbeikam, wo der Mann uns photographiert hatte, René, mich und den Hund. Jener Tag mit dem Photo war ein Samstag wie jeder andere gewesen, der Hund trottete wie üblich zwischen uns beiden. Auf dem Photo hätte man links den Eingang der ehemaligen Schule gesehen, wo René ein paar antiquarische Bücher gekauft hatte. Im Hintergrund vielleicht die Umrisse eines Passanten und die Kreuzung Portobello Road/Chepstow Villas und den Weg hinunter zu den Antiquitätenläden. Und für alle Zukunft den Beweis, daß wir, René, der Hund und ich, an einem sommerlichen Samstag in

London am frühen Nachmittag durch diese Straße gegangen waren.

Am ersten Samstag, an dem ich ganz allein wieder zu derselben Stelle kam, waren viel mehr Leute da. Der Photograph war nirgends zu sehen, auch nicht an den anderen Samstagen, an denen ich versucht habe, ihn wiederzufinden, um ihn um eine Erklärung zu bitten und vielleicht mit seiner Hilfe das Photo endlich zu bekommen. Da habe ich mein Selbstvertrauen völlig verloren. Ich hatte das Gefühl, an diesem Ort nicht mehr anwesend zu sein und hier auch nie wieder einen festen Platz zu finden. Neidvoll betrachtete ich die anderen, die mit sicherem Schritt dahingingen. Das Trottoir gab bestimmt nicht unter ihnen nach. Auch wenn wir, René und ich, spazierengegangen waren, waren uns diese Straßen und diese Squares so vertraut gewesen, daß sie ein Teil von uns selbst wurden. Und jetzt war die Verbindung gekappt, ich war an all diesen Orten überflüssig, so als sei ich nach meinem Tod hierher zurückgekommen. In der ersten Zeit traute ich mich nicht mehr aus meinem Zimmer. Und dann haben die Trottoirs aufgehört zu schwanken und mich schwindelig zu machen. In jenem Sommer spürte ich keine panische Angst mehr, sondern im Gegenteil etwas wie Ruhe. Abends machte ich lange Spaziergänge durch die menschenleeren Straßen rund um Holland Park, durch die wir früher immer gegangen waren. Aber René und den Hund, die hatte ich in einem anderen Leben gekannt. Auch wenn ich noch so oft zu all diesen Straßen und Squares zurückkehrte und mich samstags unter die Menschenmenge in Portobello mischte, würde ich dort nie wieder etwas in der Gegenwart erleben können.

Von nun an ging ich gegen elf Uhr vormittags in das Café an der Place d'Alleray. Ich machte einen großen Umweg, um der Straße mit den Schlachthöfen auszuweichen. Um diese Zeit waren sie wohl noch bei ihrem zweiten Frühstück, mit ihren blutbespritzten Schuhen und Schürzen und ihren dicken Brieftaschen. An der Place d'Alleray unterschieden sich die Gäste von denen am Nachmittag. Vor dem Mittagessen waren wir allein im Café, ich und ein Mann von etwa dreißig Jahren, der Klassenarbeiten korrigierte. Dann kamen die anderen. Sie arbeiteten bei einem Unternehmen in der Nähe. Der Wirt nannte diese Gruppe die »Telephongesellschaft«. Es gab nie genug freie Tische für sie, und man mußte ihnen den Platz überlassen. Sie redeten sehr laut. Ich konnte mich an keine einzige Gelegenheit erinnern, wo ich bei Barker's mit meinen Kollegen zusammen essen gegangen wäre. Ich hatte mich nur mit dem blonden Mädchen angefreundet, das für die Abteilung neben meiner zuständig war. Manchmal ging ich mit ihr ins Kino.

Eines Morgens, bevor die »Telephongesellschaft« über das Café herfiel, saß ich an dem Tisch direkt neben jenem, an dem der Mann seine Arbeiten korrigierte. Er hat zu mir aufgesehen. Ein Mann mit regelmäßigen Gesichtszügen, sehr tiefliegenden Augen, kurzgeschnittenem Haar und einer beginnenden Glatze. Er fragte mich, ob ich Studentin wäre. Seitdem ich in Paris war, hatte mich niemand wirklich angesprochen. Sein Blick und der Klang seiner Stimme flößten mir Vertrauen ein, ein offener Blick, eine tiefe Stimme, so als habe er keine Hintergedanken. Ich antwortete, daß ich keine Studentin sei. Er unterrichte Philosophie an einem Gymnasium in der Umgebung von Paris, sagte er. Dreimal die Woche nehme er einen Bus an der Porte de Vanves, um in dieses Gymnasium zu fahren. Und am Abend komme er mit dem Zug zurück, der ihn an der Gare Montparnasse absetze. Er hat mir erklärt, die Aufsätze seiner Schüler seien so schlecht, daß er sie lieber in einem Café korrigierte als allein zu Hause, aber er sei seinen Schülern deshalb nicht böse. Es war einfach so. Und ich, ob ich studiert hätte?

Ich war während der letzten Wochen so allein gewesen, daß ich zwar nicht das Bedürfnis verspürte, mich wirklich jemandem anzuvertrauen, aber doch mit irgendwem zu sprechen. Und dieser Mann schien ein aufmerksames Ohr für alles zu haben, was man ihm erzählte, vielleicht weil er von Beruf Lehrer war. Ich habe ihm erklärt, daß ich aus London kam, daß ein Freund mir nicht weit von hier ein Zimmer zur Verfügung gestellt hatte und daß ich mich ein wenig verloren fühlte in diesem Viertel. Ein komisches Viertel.

Er hörte mir zu, wobei er mich unverwandt anschaute, so als wolle er durch große Aufmerksamkeit herausfinden, was genau in meinem Kopf vor sich ging. Der Blick eines Priesters oder eines Arztes.

»Vielleicht haben Sie recht«, sagte er. »Das ist ein komisches Viertel ...«

Mein Blick fiel auf eine der Arbeiten vor ihm auf dem Tisch. Ich bemerkte viele mit rotem Kugelschreiber unterstrichene Sätze und am Rand Fragezeichen in demselben Rot.

»Ich dagegen wohne schon sehr lange in diesem Viertel ... Ich lebe immer noch in der früheren Wohnung meiner Mutter, am Boulevard Lefebvre ... In der Nähe der Kirche ...«

Auf dem Heimweg vom Kino ging ich immer an dieser

Kirche vorbei. Eine moderne Kirche, von der ich wegen der Dunkelheit nicht genau wußte, ob sie aus Beton oder Backstein war. Vielleicht war es sein Zimmer, in dem ich jedesmal Licht brennen sah.

»Die Kirche heißt Saint-Antoine-de-Padoue. Sie konnte gar nicht anders heißen.«

Er sah mich mit seinem offenen Blick unverwandt an, und ich schlug schließlich die Augen nieder, schaute wieder auf die Arbeit, die er eben korrigiert hatte. Ich stellte mir vor, am Rand stünde mit rotem Kugelschreiber:

»Saint-Antoine-de-Padoue, sie konnte gar nicht anders heißen.«

»Wissen Sie, worum man den heiligen Antonius von Padua bittet? Verlorene Gegenstände zu finden.«

Er lächelte mich an, als habe er verstanden, daß ich etwas verloren hatte. Ich war nie abergläubisch gewesen, aber wenn ich gewußt hätte, wozu der heilige Antonius von Padua gut war, und es auch in London eine Kirche dieses Namens gegeben hätte, ich wäre hingegangen und hätte darum gebetet, das Photo zu bekommen.

»Hier in der Nähe, in der Rue des Morillons, gibt es ein Büro, wo alle Fundsachen gesammelt werden ... Und dann noch das Tierasyl in der Rue de Dantzig ... Das ist ein Viertel, in das man immer etwas suchen kommt.«

Während er mir das erzählte, sprach er nicht wie ein Fremdenführer, mit dem man Paris besichtigt, sondern wie ein Philosophielehrer. Und diese tiefe Stimme war vertrauenerweckend. Ich hätte ihm gern von den Pferden erzählt. Ich fand die richtigen Worte nicht. Ich hatte Angst, sie auszusprechen.

»Und außerdem kümmert man sich in der Gegend hier schon seit hundert Jahren um die Pferde ...«

Immer diese ruhige Stimme. Und sogar ein Lächeln, als ob es etwas ganz Selbstverständliches wäre: sich um die Pferde kümmern.

»Als ich klein war, besuchte ich eine Schule hier in der Nähe ... Danach bin ich in das Lycee Buffon gekommen. Ich habe immer in diesem Viertel gewohnt.«

Seit hundert Jahren, hatte er gesagt. Dann waren also schon viele Hunderttausende von Pferden über den Boulevard und durch die Rue Brancion gegangen.

»Sie sind so blaß ... Wollen Sie etwas trinken?«

Jetzt war sein Blick nachsichtig, so als würde auch meine Arbeit zwischen den anderen auf dem Tisch liegen und als habe er mit seinem roten Kugelschreiber den Vermerk draufgeschrieben: »Könnte bessere Leistungen erbringen.«

Ich antwortete ihm, es sei alles in Ordnung. Ich hätte bloß in der letzten Nacht schlecht geschlafen.

»Was fangen Sie eigentlich mit Ihren Tagen an?«

Unter diesem Blick wurde ich wieder zu einer Schülerin, die gerade den Nachmittagsunterricht schwänzte, um ins Kino zu gehen, und ich hatte keine Entschuldigung von meinen Eltern. Ich mußte mir eine Lüge ausdenken, und vor allem mußte ich sie mit fester Stimme sagen.

»Ich mache mir Sorgen, weil ich Arbeit suche.«

»Ich könnte Ihnen Arbeit beschaffen. Können Sie maschineschreiben?«

Bevor ich nach London gegangen war und bei Barker's anfing, hatte ich in einer Pigier-Schule in der Nähe der Porte de Vincennes, als ich mit meiner Mutter noch in der Gegend wohnte, maschineschreiben gelernt. Ich habe ihm gesagt, ich könnte maschineschreiben und sogar stenographieren.

»Gut, dann werde ich Ihnen Texte geben. Wir sind eine kleine Gruppe von Freunden und verfassen sie gemeinsam.«

Er lächelte mich mit einem Priesterlächeln an, als hätte ich mich ihm anvertraut und als stufe er meine Sünden als harmlos ein.

»Vielleicht interessieren diese Texte Sie auch. Wir widmen uns einer Gruppenarbeit, einer Lehre ... Ich wäre glücklich, wenn Sie sich dafür interessieren würden ... Ich leihe Ihnen gerne meine Schreibmaschine ...«

Die Aussicht, eine Beschäftigung zu haben und nicht mehr ziellos durch all die leeren Tage zu gehen, gab mir plötzlich neue Kraft. Ich würde auf der Schreibmaschine tippen, allein, ungestört, im Atelier zwischen den Büchern. Und während ich tippte, könnte ich sogar Musik hören. Ich würde vor dem großen Glasfenster arbeiten, das auf den Garten ging.

»Das hier ist eine Broschüre, die ich selber geschrieben habe. So können Sie sich ein Bild davon machen, was unsere Lehre ist und was Sie zum Abtippen bekommen werden.«

Er hat in einer braunen Ledertasche gewühlt, die neben seinem Stuhl am Boden stand. Dann hat er mir ein kleines Buch in einem blaßgrünen Einband hingestreckt, mit dem Titel: *Besinnung auf sich selbst.* Und darüber stand: *Michel* Kérourédan. Er hat auf den Namen gezeigt:

»Ja ... Das bin ich ...«

Er wollte, daß ich ihn bis zur Bushaltestelle an der Porte de Vanves begleitete. An dem Tag begann sein Unterricht am frühen Nachmittag, und er mußte im Speisesaal des Gymnasiums zu Mittag essen. Er ging neben mir her, seine Schultasche in der Hand, und mir fiel seine Magerkeit auf und sein hoher Wuchs und auch der Gegensatz zwischen dem ordentlichen Anzug und den Sandalen, die er über seinen schwarzen Socken trug. Wir haben uns für den nächsten Tag um elf im Café verabredet. Er würde mir die Schreibmaschine mitbringen und den Text, den ich abtippen sollte.

Als ich zurück im Atelier war, wollte ich die Broschüre lesen, die er mir geben hatte. Zwischen den Seiten bin ich auf ein Photo gestoßen. Ich habe ihn wiedererkannt, in Begleitung eines Mannes, so groß, so mager wie er selbst, auf dem Land. Sie standen nebeneinander, er leicht an einen Baumstamm gelehnt. Der andere Mann hielt ein aufgeschlagenes Buch in der Hand und schien laut daraus vorzulesen. Alle beide hatten eine breite Stirn, ein ernstes Gesicht. Auf der Rückseite des Photos stand: »Michel–Gianni. April–Mai, in Recoulonges.« Ich spürte, wie eine Anwandlung von Traurigkeit und Groll in mir hochstieg. Warum hatte ich in dem Buch das Photo von diesen zwei Typen gefunden, die ich nicht kannte, während das einzige Photo, das für mich gezählt hätte, für immer verschwunden war?

Nach ein paar Seiten habe ich aufgehört zu lesen. Ich hatte noch nie ein philosophisches Buch aufgeschlagen, und es fiel mir schwer, mich zu konzentrieren. Nach allem, was ich zu verstehen glaubte, handelte es sich um eine Lehre, die einem erlaubte, zu Weisheit zu gelangen. Der Lehrmeister war ein gewisser Doktor Bode. An den Kapitelanfängen kehrten bestimmte Sätze häufig wieder: »Wenn man Doktor Bode nach dem Sinn seiner Lehre fragte …«, »Bei einem der folgenden Treffen schnitt Doktor Bode die Frage an …«, »Doktor Bode zitierte für gewöhnlich das Beispiel ...« Kannte dieser Michel Kérourédan Doktor Bode persönlich? Auf den wenigen Seiten, die ich gelesen hatte, sagte er es nicht eindeutig. Jedenfalls kamen, nach Meinung von Michel Kérourédan, Wahrheit und Weisheit aus dem Mund dieses Mannes, und man mußte seiner Lehre folgen. Eine solche Haltung erstaunte mich, und ich mußte daran denken, daß ich in den verschiedenen Klassen der Volksschule und später am Lycée Hélène-Boucher dem, was die Lehrer sagten, keine große Aufmerksamkeit geschenkt hatte. Und davor war ich sogar im Religionsunterricht eingeschlafen. Zu meiner großen Schande wurde mir plötzlich bewußt, daß ich mir nie Fragen über den Sinn des Lebens gestellt hatte. Ich begnügte mich damit, in den Tag hinein zu leben, meist auf der Suche nach dem Vergnügen. Am Anfang, in meiner Kindheit, war es mir nur darum gegangen, eine Hundert-Franc-Münze zu bekommen, damit ich mir in der Bäckerei Nédelec ein Pistazieneis kaufen konnte, oder auf der Foire du Trône in die Achterbahn zu klettern, weil ich es mochte, wenn mir schwindelig wurde. Später, in der Zeit mit René, fuhren wir vormittags gegen elf an den Strand, und am Nachmittag lag ich mit ihm in einem kühlen Zimmer mit geschlossenen Fensterläden. Im Sommer saß ich gern ganz früh am Morgen auf einer Café-Terrasse in der Sonne, wenn noch niemand da war. Ich las gerne Krimis und hörte Musik. Und ich hatte ein Faible für Hunde und Pferde. Ja, vor Renés Abreise und vor dieser fiesen Geschichte mit dem Photo hatte ich mir fast keine Fragen gestellt. Ich klappte das Buch zu. Das Photo war auf das Bett gerutscht, und ich habe es mir noch einmal angesehen. Dieser Kérourédan redete wie ein Lehrer. Er hörte mir aufmerksam zu, aber was ich war, einfach so, wie ich eben fühlte, hatte bestimmt keine große Bedeutung für ihn. Kurz gesagt, er würde sich für mich zu interessieren beginnen, wenn ich bereit war, dem zu folgen, was er »unsere Lehre« nannte. Ich versuchte, auf dem Photo zu erkennen, ob der andere auch Sandalen trug. Es war merkwürdig, wie ähnlich sich die zwei sahen... Wahrscheinlich wurde dieser Typ, der Gianni hieß, gerade in die Lehre eingewiesen. Auf dem Photo sahen alle beide wie Priester aus, aber ich fand dennoch, daß sie eine Pose einnahmen, Kérourédan, so an den Baum gelehnt, das Kinn vorgestreckt, und der andere, kerzengerade, das Gesicht über sein Buch gebeugt. Vielleicht war es dasselbe Buch wie meines, *Besinnung auf sich selbst.* Ich habe mich gefragt, ob es in ihrem Leben Frauen gab oder ob jeder für sich allein in einem Zimmer wohnte, das einer Mönchszelle glich, und ob Freundschaft ihnen genügte. War in ihrer Lehre auch Platz für die Liebe? Ich blätterte zerstreut in *Besinnung auf sich selbst,* ohne jedoch das Wort Liebe oder das Wort Glück zu finden. Ich nahm mir vor, es aufmerksamer zu lesen, aber an jenem Nachmittag fehlte mir der Mut.

Am nächsten Tag kam er mit Verspätung in das Café, kurz bevor die »Telephongesellschaft« alle Tische besetzte. Wir mußten sehr laut sprechen, um einander in diesem Stimmengewirr zu verstehen. Er hatte mir die Schreibmaschine mitgebracht, eine kleine Reiseschreibmaschine in einer grauen Plastikhülle. Und einen etwa dreißig Seiten langen Text in einer sehr regelmäßigen Schrift, dunkelblaue Tinte, keine einzige Streichung, und der Titel lautete: *Arbeit an sich selbst.*

Er hat mich gefragt, ob ich die Broschüre gelesen hätte. Ich antwortete, daß ich noch nicht damit fertig sei, sie aber sehr interessant fände. Er sah mich mit seinem tiefgründigen Blick an und wartete, daß ich noch mehr dazu sagte. Ich stotterte etwas wie: ich würde langsam lesen und versuchen, jeden Satz zu verstehen, weil ich an Philosophie nicht gewöhnt sei.

»Es handelt sich nicht um Philosophie«, hat er gesagt, »sondern um eine Lehre, durch die man lernt, besser zu leben ... Einige Regeln der Disziplin ... Und wenn Sie ein klein wenig Aufmerksamkeit dafür aufbringen, werden Sie sehen, daß alles ganz klar ist.«

Vielleicht würde er mich am Ende doch überzeugen. Ich lebte seit meiner Ankunft in Paris in so großer Ungewißheit, daß ich gern Ratschläge bekommen hätte und froh gewesen wäre, wenn mir jemand einen Weg gezeigt hätte, dem ich folgen konnte. Aber dieser Typ mir gegenüber, in dem Café, wo man Mühe hatte, einander zu verstehen, konnte der mir helfen? Brauchte ich wirklich eine Disziplin? Worin bestand eigentlich die »Arbeit an sich selbst«? Draußen hielt ich die Schreibmaschine in der Hand, und den Text, den er mir gegeben hatte, stopfte ich in die Tasche meines Regenmantels. Er trug seine braune Schultasche, die keinen Griff mehr hatte, unter dem Arm. Wir gingen die Rue Castagnary hinunter, die ruhig und still dalag. Sie war von niedrigen Häusern gesäumt, die sicher bald abgerissen würden, und man hätte sich in einer kleinen Garnisonsstadt glauben können, wo man morgens das Klappern von Hufen hört, aber dort reitet eine Schwadron vorüber, und die Pferde trotten nicht zum Schlachthof.

»Lassen Sie sich so viel Zeit, wie Sie brauchen, um den

Text zu tippen«, hat er zu mir gesagt. »Das Wichtigste ist, daß er Sie mit unserer Lehre vertraut macht.«

Wieder lächelte er mich an.

»Aber ich will nicht, daß Sie umsonst arbeiten ...«

Aus der Innentasche seiner Jacke zog er eine Brieftasche, die nicht so dick war wie die der Pferdehändler aus der Rue Brancion, und hielt mir einen zweimal gefalteten Hundert-Franc-Schein hin. Ich zögerte, ihn zu nehmen.

»Das ist nicht mein Geld«, sagte er, »die Freundin, bei der wir uns treffen, hat es mir für Sie gegeben. Ich habe ihr von Ihnen erzählt.«

Warum hätte ich Skrupel haben sollen, dieses Geld anzunehmen?

»Wenn Sie mit der Arbeit fertig sind, wäre es, glaube ich, ganz gut für Sie, wenn Sie zu einem unserer Treffen kämen.«

Diese Treffen fanden mindestens einmal pro Woche statt, in der Wohnung dieser Frau, von der er mir erzählt hatte. Sie waren zu sechst oder siebt bei den Sitzungen für die »Arbeit an sich selbst«, ja, genau wie der Titel des Textes, den er mir zum Abtippen gegeben hatte.

»Würden Sie gern mit uns arbeiten?«

Seine Stimme klang so sanft, daß ich mir sicher war, dieser Typ meinte es gut mit mir. Er hat ein Päckchen Zigaretten aus seiner Manteltasche gezogen und es mir hingehalten. Ein Päckchen Gauloises bleues.

»Hier. Um Ihnen Mut zu machen.«

Ich habe mich nicht getraut, abzulehnen und ihm zu erklären, daß ich nicht rauchte.

»Sie hätten also Lust, sich uns anzuschließen?« fragte er mich in einem familiären, leicht autoritären Ton, der nicht mehr der eines Priesters, sondern der eines Turnlehrers war.

Ich sagte ja. Um die Einsamkeit zu durchbrechen, ist man bereit, auf alles mögliche einzugehen.

»Ich freue mich sehr. Beim nächsten Mal erzähle ich Ihnen mehr darüber.«

Er mußte an der Porte de Vanves seinen Bus nehmen. Er bestellte mich für den übernächsten Tag in das Café, zur gewohnten Zeit. Nachdem er mir zugewinkt hatte, stieg er in den Bus. Mir war aufgefallen, daß er keine Sandalen mehr trug, sondern schwarze Schuhe mit Schnürsenkeln.

Die folgenden Tage verbrachte ich damit, den Text abzutippen. Ich arbeitete ein wenig am Morgen und dann am Nachmittag bis um fünf. Ich hatte nichts vergessen von dem, was mir im Pigier-Kurs beigebracht worden war. Am Anfang hörte ich dabei Musik – eine Aufnahme mit Hawaiigitarren, die ich unter den Platten des Österreichers gefunden hatte. Aber schon bald beschloß ich, in völliger Stille zu arbeiten, weil ich versuchen wollte, genau zu verstehen, was ich abtippte. Manche Sätze, die ich in *Besinnung auf sich selbst* bereits gelesen hatte, ohne ihnen große Aufmerksamkeit zu schenken, fand ich in *Arbeit an sich selbst* wieder. Kérourédan hatte mir erklärt, daß sie diesen Text zu mehreren ausformuliert hätten, eine Gruppenarbeit, wie er sich ausdrückte. Aber diese regelmäßige Schrift in blauer Tinte hatte ich schon gesehen, es war seine, dieselbe Schrift, mit der er die Arbeiten seiner Schüler korrigierte. Ich tippte langsam, und dieselben Worte kehrten auf allen Seiten wieder. Wir lebten offenbar wie Schlafwandler. Alle Handlungen unseres Lebens waren mechanische Handlungen, und aus diesem Grund hatten sie nicht den geringsten Wert. WIR *lebten im Schlaf.* Wenn unsere Handlungen, unsere Gedanken und Gefühle zu etwas Mechanischem wurden, dann nur deshalb, weil wir uns auf eine kleine Anzahl von »Posen« und Bewegungen beschränkten, die uns wie eine Zwangsjakke umschlossen. Wir mußten uns also aus diesem Zustand befreien, und das konnte nur durch die »Besinnung auf sich selbst« geschehen. Aber auch wenn ich mit dem Tippen aufhörte, um jeden Satz noch einmal zu lesen, verstand ich nicht so recht, worin diese Übung bestand. Die »Besinnung auf sich selbst«, die auch »Arbeit an sich selbst« oder einfach nur »Arbeit« genannt wurde, übten sie wahrscheinlich bei ihren Treffen. Wenn Kérourédan mich eines Tages mitnahm, würde ich mehr darüber erfahren.

Am ersten Tag nach meiner Arbeit bin ich gegen fünf aus dem Haus gegangen, und die ganze Rue de Vaugirard entlang war die Beklemmung, die ich sonst um diese Zeit verspürte, einfach weg. An der Station Convention habe ich die Metro nach Montparnasse genommen, und ich war vollkommen ruhig. Dann bin ich ins Quartier Latin spaziert. Dort begegnete ich wieder den Studentengruppen auf dem Trottoir des Boulevard Saint-Michel, und es schien mir ganz leicht, seiner sanften Neigung zu folgen. Ich war in meinem normalen Zustand, wie an den ersten Nachmittagen in Paris, bevor ich begriffen hatte, was das Klappern der Hufe bedeutete. Es machte mir Mut zu sehen, daß die Nacht hereinbrach und auf der Terrasse des Café de Cluny und vor den Kinoeingängen die Lichter aufflammten.

In der Rue Monsieur-le-Prince ist mir eine Buchhandlung aufgefallen, die *Le Zodiaque* hieß und auf deren Schaufenster geschrieben stand: *Okkultismus, Magie, Esoterik – Religionsgeschichte.* Ich bin hineingegangen. Die Bücher waren nach Autorennamen sortiert, in alphabetischer Reihenfolge. Unter dem Buchstaben K bin ich auf die Broschüre gestoßen, die Kérourédan mir gegeben hatte, *Besinnung auf sich selbst.* Diese Entdeckung überraschte mich und weckte ein flüchtiges Wohlgefühl in mir. Im Grunde genommen hatte ich eine Arbeit, die mir erlaubte, meine leeren Nachmittage auszufüllen, und dazu noch den Eindruck, an etwas Wichtigem teilzuhaben.

Als ich morgens um zehn auf die Place d'Alleray kam, saß er bereits an einem Tisch des Cafés und korrigierte seine Arbeiten. Er ist aufgestanden, um mich zu begrüßen. Er hat mich angelächelt. Unterwegs hatte ich einen großen Umschlag gekauft und die getippten Blätter zusammen mit denen in blauer Tinte hineingesteckt. Er hat die getippten Blätter sehr schnell durchgesehen, eins nach dem anderen, und dann alles in seine Schultasche gestopft.

»Ist Ihnen das Abtippen auch nicht zu schwer gefallen?«

Ich sagte nein. Ich hoffte, keine Rechtschreibfehler gemacht zu haben. Mehrere Arbeiten lagen über den Tisch verstreut, mit den Korrekturen in roter Tinte, und ich fragte mich, ob er für seine Korrekturen dieselben Worte verwendete wie die, die in dem von mir abgeschriebenen Text immer wiederkehrten. Besinnung auf sich selbst, Schlaf, mechanisch, Schlafwandler, Gruppe, Pose, Arbeit, Bewegung ... Am Ende machten diese Worte mich schwindelig.

»Und haben Sie den Sinn unserer Arbeit ein wenig verstanden?«

Das hatte er mit einer Mischung aus Nachsicht und Freundlichkeit gesagt, als verdiente ich es noch nicht ganz, in ihrer »Gruppe« zu »arbeiten«. Ich mußte mich gefügig und aufmerksam zeigen, dann konnte ich mir auch Hoffnungen machen.

Schweigend blickte er mir in die Augen. Wenn ein anderer Mann mich so unverwandt angeschaut hätte, wäre mir das unangenehm gewesen. Aber Kérourédan gehörte nicht zu denen, die einem die Hand drücken und einen zu küssen versuchen. War er in seinem Leben jemals in eine Frau verliebt gewesen?

»Könnten Sie übermorgen zu unserem Treffen kommen?«

Es überraschte mich, daß er mir diesen Vorschlag so früh machte. Ich hatte geglaubt, die Dinge würden sich langsam entwickeln und eine »Probezeit« wäre notwendig, bevor ein Neuer an der »Arbeit« der Gruppe teilnehmen durfte. Das hatte ich in dem Text gelesen, den er mir zum Abtippen gegeben hatte. »Probezeit.« Dieses Wort kehrte oft wieder.

»Unsere Treffen finden hier im Viertel statt, ganz in der Nähe, bei dieser Frau, von der ich Ihnen erzählt habe. Sie leitet unsere Arbeitsgruppe. Sie ist eine Freundin von Doktor Bode ...«

Auch der Name Doktor Bode kam in fast jedem Absatz dieses Textes vor, dessen Typoskript ich ihm mitgebracht hatte. Er pflegte seinen Schülern zu sagen: »Sie vergessen sich immer ... Sie müssen sich auf sich selbst besinnen … Wachen Sie auf …« Während ich tippte, war mir, als hörte ich seine Stimme, eine ganz dumpfe Stimme. Ich versuchte ihn mir vorzustellen. Meiner Ansicht nach war er ein Mann mit klarem Blick, dessen Hände einen streichelten und einem die Beklemmung nahmen. Ich traute mich nicht, Kérourédan davon etwas zu sagen aus Furcht, ich könnte ihn enttäuschen, aber ich war ein Gefühlsmensch, oder sogar, um es mit einem Wort auszudrücken, das mir immer sehr anmutig vorgekommen ist, eine Midinette.

»Und Sie«, fragte ich ihn, »kennen Sie Doktor Bode?«

»Ich bin ihm zu Beginn des Jahres vorgestellt worden, von dieser Frau, zu der ich Sie mitnehmen werde … Geneviève Peraud …«

Er hat mir noch andere Einzelheiten erzählt. Doktor Bode hatte in Paris gewohnt. Jetzt reiste er viel. Er hatte sich in San Diego, Kalifornien, niedergelassen. Aber er kam oft nach Europa, weil er sich um die einzelnen Gruppen kümmerte. In Paris, in der Schweiz und in England. Einen Augenblick musterte er mich genau, als zögerte er, mir etwas Wichtiges zu sagen. Dann gab er sich einen Ruck:

»Im nächsten Monat gibt es ein Treffen mit Doktor Bode … wie immer bei Geneviève … Vielleicht ist sie einverstanden und stellt Sie ihm vor … Kommt ganz darauf an.«

Sicher wollte er mir zu verstehen geben, daß man Doktor Bode nicht gleich beim ersten Mal vorgestellt werden konnte. Ich war noch in der Probezeit. Das Treffen am folgenden Tag würde über mein Schicksal entscheiden. Vielleicht würde ich eine Prüfung ablegen müssen.

Er hat seine Arbeiten eingesammelt und sie in die

Schultasche gesteckt. Und er hat einen Umschlag aus ihr hervorgezogen.

»Für Sie ... von Geneviève Peraud.«

Es war ein Geldbetrag, den Geneviève Peraud mir im voraus für weitere Schreibarbeiten zahlte, die er mir regelmäßig geben würde. Ungefähr zwei oder drei im Monat. Die Texte brauchten sie für ihre Treffen. Das hieß, ich wurde bereits als Gruppenmitglied betrachtet. Er hatte Geneviève Peraud in lobenden Worten von mir erzählt, und sie war bereit, mir Vertrauen zu schenken. Es war üblich, den Gruppenmitgliedern, die keine eigenen Mittel für ihren Lebensunterhalt hatten, monatlich einen Geldbetrag zu überweisen, damit sie ganztägig für die Treffen arbeiten konnten.

Ich habe ihm gesagt, es sei mir peinlich, Geld anzunehmen, was ich mir insgeheim dachte, wollte ich ihm lieber nicht verraten: Die sechshundert Franc im Monat, die ich bei Barker's verdiente, hatten mir klargemacht, daß einem niemand für nichts und wieder nichts Geld gibt. Würde diese Geneviève Peraud nicht genausohohe Anforderungen stellen wie die Chefs von Barker's?

»Sie müssen es annehmen. Es ist ein Beweis für das Vertrauen, das Geneviève Ihnen entgegenbringt.«

Also habe ich den Umschlag in meine Tasche gesteckt und war erleichtert. Wenn sie für mich sorgen wollten ... Ich war während der letzten Monate in Paris und auch in London nach Renés Abreise so allein gewesen ... und die Aussicht, für diese Geneviève Peraud Schreibmaschine zu schreiben, erschien mir weniger unangenehm als meine Arbeit bei Barker's.

»Ich habe Ihnen ein Buch von Doktor Bode mitgebracht ... Lesen Sie auch Englisch?«

»Ja.«

Er gab mir ein gebundenes Buch, auf dessen schwarzem Schutzumschlag ich lesen konnte: V. Bode, *In Search of Light and Shadow.* Auf der Rückseite das Photo eines etwa vierzigjährigen Mannes, ein Dunkelhaariger mit klarem Blick, so wie ich ihn mir vorgestellt hatte.

»Das liest sich viel leichter als die beiden Texte, die Sie bereits in Händen hatten ... Dieses Buch hätte ich Ihnen als erstes geben müssen ... Doktor Bode schildert seinen Weg, auf ganz einfache Weise, wie er ihn erlebt hat ...«

Er lächelte mich an. Und zum ersten Mal seit meiner Ankunft in Paris fühlte ich mich wirklich beruhigt. Ich mußte mich nur treiben lassen und den toten Mann machen. Und mir sagen, daß ich auf Leute gestoßen war, die es gut mit mir meinten und denen ich mich anvertrauen konnte. Sie würden mir Ratschläge geben. Ich würde nicht mehr allein in meiner Ecke vor Angst fast krepieren und an jeder Kreuzung zögern. Sie würden mir helfen. Mir den Weg weisen. Genau das hatte ich nötig. Führer.

Er hat mir vorgeschlagen, ihn nach Hause zu begleiten. An diesem Tag nahm er nicht den Bus, um seine Philosophiestunden zu geben. Aber er mußte noch Hausaufgaben korrigieren. Er vertrat einen abwesenden Lehrer. Er hat mir erzählt, daß es wirklich ein komisches Gymnasium war und daß dort ein Lehrer von einem Tag auf den anderen verschwinden konnte. Dann vertraten ihn die Kollegen und teilten sich auf zwischen einer Mathematikstunde in einer Klasse und einer Englisch- oder Geographiestunde in einer anderen. Den Lehrern fehlten häufig die erforderlichen Diplome, aber an diesem Gymnasium stellte man keine sehr hohen Anforderungen. Auch er hatte sich nicht die Zeit genommen, sein Studium abzuschließen. Er hatte die Lehre des Doktor Bode entdeckt, und das wog alle Philosophieexamina dieser Welt auf.

Er redete in vertraulichem Ton mit mir. Vielleicht war ich für ihn eine Freundin geworden und eine Gleichgestellte, weil ich zu einem ihrer Treffen kommen würde.

»Geneviève hat mir geraten, meine Stunden im Gymnasium aufzugeben und ganztägig für die Gruppe zu arbeiten ...«

Aber er hatte Bedenken, seine Lehrerstelle aufzugeben. Er wurde recht gut bezahlt, und es war besser, wenn die Gruppe für junge Leute wie mich sorgte.

Wir gingen den Boulevard Lefebvre entlang, mit langsamen Schritten, als spazierten wir über eine Uferpromenade am Meer.

»Und Sie?« fragte er mich. »Was für Seelenzustände haben Sie?«

Es war das erste Mal, daß er mir eine persönliche Frage stellte. Aber ich neigte nicht gerade dazu, mein Herz auszuschütten.

»Ich habe keine Seelenzustände«, sagte ich.

»Sehr gut. Das ist eine Antwort, die Doktor Bode gefallen hätte.«

Wir waren vor der Église Saint-Antoine-de-Padoue angekommen. Er zeigte auf einen der Wohnblöcke, von denen sie umgeben war.

»Hier wohne ich ... im ersten Stock ...«

War es das Fenster, hinter dem ich auf dem Heimweg vom Kino immer Licht brennen sah?

Vor der Haustür hat er seine braune Schultasche auf den Boden gestellt, um mir die Hand zu schütteln.

»Am besten ist es«, sagte er, »wenn Sie mich morgen abend um zehn nach sieben an der Gare Montparnasse abholen, vom Zug aus Versailles, und dann nehme ich Sie mit zu Geneviève Peraud. Vergessen Sie es nicht. Zehn nach sieben.«

Am Nachmittag im Atelier habe ich angefangen, In *Search of Light and Shadow* zu lesen. Ich hatte befürchtet, diese Lektüre auf englisch würde mich an London und an René erinnern. Aber je weiter ich kam, desto mehr ließ ich mich von einem leichten Glücksgefühl überwältigen, so als würden die Worte des Doktor Bode mich davon überzeugen, daß ich in der Gegenwart leben konnte und sogar eine Zukunft vor mir hatte.

Das Buch war viel besser geschrieben als der Text von Michel Kérourédan und der, den ich abgetippt hatte. Doktor Bode gebrauchte nicht all diese gelehrten Begriffe wie Besinnung auf sich selbst, Arbeit an sich selbst, Posen, Bewegungen und genausowenig den Ausdruck, der in den beiden Texten häufig wiederkehrte und den ich jedesmal in die Schreibmaschine tippte, ohne ihn zu verstehen: »Oktavschlüssel«. Er erzählte einfach nur von den Zweifeln und Ängsten seiner Jugend, die sich von meinen eigenen nicht unterschieden. Und wie es ihm gelungen war, sie zu überwinden. Ich hatte nicht das Gefühl zu lesen, sondern einer vertrauten Stimme zu lauschen, die mir das alles ins Ohr flüsterte. Doktor Bode war in Lambeth geboren, einem ärmlichen Viertel Londons, das ich nicht kannte, mit Ausnahme von ein paar Straßen, die ich kurz vor der Einfahrt in Waterloo Station aus dem Zugfenster gesehen hatte.

Um Punkt neunzehn Uhr zehn bekam ich Angst, Michel Kérourédan könnte im Strom der Reisenden verschwinden, die mit dem Zug aus Versailles-Chantier ankamen. Aber dann erkannte ich ihn schon von weitem an seiner Größe und an der merkwürdigen Art, wie er seine dicke braune Schultasche ohne Griff trug, als sei sie ein Hund oder ein Kind.

Wir haben die Metro genommen. Die Leute standen dichtgedrängt, aber diesmal spürte ich keine panische Angst mehr. Jemand begleitete mich, und das Buch von Doktor Bode, das ich spät in der Nacht zu Ende gelesen hatte, hatte mir große Ruhe geschenkt. Wir stiegen an der Station Convention aus. Kérourédan sagte mir, Geneviève Peraud wohne ganz in der Nähe, am Anfang der Rue Dombasle.

Später bin ich oft zu Geneviève Peraud gegangen und habe dabei immer kompliziertere Umwege gemacht, um den Schlachthöfen und den Straßen auszuweichen, in denen, wie ich fürchtete, die Stallungen der Pferdehändler lagen. Ich weiß noch, daß ich gleich hinter dem Versailles-Kino abbog in einen von Bäumen gesäumten Weg, über dem sich ein Blätterdach wölbte und der vielleicht an der Mauer des Hôpital de Vaugirard entlangführte. Ich erinnere mich an einen Weg, der nach Lindenblüten duftete. In den folgenden Jahren und bis heute hatte ich nie wieder Gelegenheit, in dieses Viertel zurückzukehren. Die Schlachthöfe sind verschwunden. Das Tierasyl, das Fundbüro und die Église Saint-Antoine-de-Padoue stehen, glaube ich, noch. Und wenn ich so zurückdenke, scheint mir auch, daß dieses Viertel das einzige war, in dem ich Geneviève Peraud und Doktor Bode begegnen konnte.

Das Gebäude trug die Nummern 5 und 7 Ein helles, schmales Gebäude, leicht zurückgesetzt, von der Straße durch einen Gitterzaun und einen kleinen Hof getrennt. Wir sind rechts hineingegangen, durch die Tür mit der Nummer 7. Kérourédan stieg vor mir die Treppe hoch, seine braune Schultasche hielt er mit beiden Händen. Nach all der Zeit habe ich vergessen, welche Etage es war. Eine der obersten. Kérourédan klingelte dreimal.

Geneviève Peraud hat uns geöffnet. Eine Brünette, deren Haare zu einem Knoten aufgesteckt waren. Ihr Gesicht kam mir auf den ersten Blick hart vor, wegen des Halbdunkels im Eingang. Wir gingen einen Flur hinunter, an dessen Ende wir links in ein von Stehlampen erhelltes Zimmer traten. Ein warmes und gedämpftes Licht. Die Vorhänge waren zugezogen. Ein Mann erhob sich. An seinem hohen Wuchs erkannte ich den Mann, der auf dem Photo in Begleitung von Michel Kérourédan zu sehen war, »April–Mai, in Recoulonges«.

Einen Augenblick blieb er reglos stehen, fast in derselben Haltung wie auf dem Photo, wo er das aufgeschlagene Buch in den Händen hielt. Dann winkte er Michel Kérourédan zu und wandte sich an mich.

»Ich heiße Gianni ... Ich freue mich sehr, Sie zu sehen ...«

Seine Stimme war tiefer als die von Kérourédan. Ich habe ihm die Hand geschüttelt, ohne meinen Namen zu nennen. Er trug einen alten, schlottrigen, grauen Cordanzug.

Geneviève Peraud lächelte mich an. Sie wirkte jünger als am Eingang, und der strenge Knoten bildete jetzt einen Kontrast zu ihrem sanften Gesicht. Ihr leichtes, geheimnisvolles Lächeln umfing mich ebenso wie ihr Blick.

Grüne Augen. Sie trug ein weinrotes Hemdblusenkleid. Keinen Schmuck. Keinen Ring. Nur eine Kette am Handgelenk.

»Michel hat mir so viel Gutes von Ihnen erzählt ... Und ich danke Ihnen für die Arbeit, die Sie für uns gemacht haben ...«

Sie sprach mit heller Stimme und leichtem Pariser Akzent. Michel Kérourédan und Gianni hatten sich im Schneidersitz auf den Wollteppich gesetzt.

»Nehmen Sie Platz«, sagte sie zu mir, immer noch mit ihrem Lächeln.

Und sie zeigte auf den Teppich. Es stand im übrigen kein einziger Stuhl in diesem Raum, nur ganz hinten, zwischen den zugezogenen Vorhängen und dem Schreibtisch aus dunklem Holz, ein Sessel mit einer ledernen Rückenlehne.

Auch sie setzte sich im Schneidersitz hin, mit sehr geradem Oberkörper. Auf dem Teppich bildeten wir zu viert einen Kreis, als wollten wir jetzt gleich ein Spiel zu spielen beginnen, dessen Regeln ich noch nicht kannte.

»Wir wollen zunächst etwas lesen«, hat Geneviève Peraud mit ihrer hellen Stimme gesagt. »Etwas Einfaches und Wesentliches, um das Kommen dieser neuen Freundin zu feiern.«

Michel Kérourédan machte seine braune Schultasche auf, die er neben sich gestellt hatte, und zog mehrere Blätter hervor. Er hielt sie Gianni hin.

»Lies du«, sagte er.

Gianni hat mit langsamer Stimme zu lesen begonnen, und diese Stimme hätte einem Schauspieler in einem klassischen Stück oder einem Tenor gehören können. Ich habe einen Absatz aus dem Buch von Doktor Bode wiedererkannt. Er erzählte von einem Traum, den er mit etwa elf Jahren gehabt hatte. Bis dahin war er ein Kind wie alle anderen Kinder in Lambeth gewesen, mit Eltern, die den anderen Eltern glichen. Er verschmolz mit dem Ziegelrot der Häuser, dem Grau-in-Grau der Lagerhallen, den Wasserpfützen auf den Trottoirs. In jener Nacht hatte er geträumt, er fliege in so niedriger Höhe über das Viertel, daß er von da oben die Passanten erkennen konnte, die Hunde, die Mietshäuser, in denen seine Freunde wohnten, alle Kreuzungen, die ihm vertraut waren. Es war ein Sonntagmorgen, und er hatte sogar seinen Vater am Fenster lehnen sehen. Und ringsherum die anderen Viertel Londons, das Straßengewirr, das Gewimmel von Menschen und Wagen, so weit das Auge reichte.

Gianni las immer langsamer. Er machte Pausen zwischen den Sätzen, so daß dieser Text den Rhythmus eines Gedichts bekam. Die Stimme wurde dumpf, sie war nur noch ein Murmeln, das mich einlullte. Geneviève Peraud, den Oberkörper immer noch ganz gerade, sah mich mit ihren grünen Augen unverwandt an und umfing mich mit ihrem rätselhaften Lächeln. Ihre Hände strichen zärtlich über die Wolle des Teppichs, schlanke, lange Hände mit kurzgeschnittenen Nägeln. Kérourédan hielt den Kopf gesenkt, die Arme verschränkt. Gianni war mit dem Vorlesen zu Ende, und Stille lastete auf uns, als wollten die beiden anderen noch den Nachhall seiner Stimme einfangen und durch sie vielleicht auch die Stimme von Doktor Bode.

»Sagen Sie mir, ist Ihnen in dem Text, den Sie abgetippt haben, irgend etwas unklar vorgekommen?« fragte mich Geneviève Peraud.

Ihre Stimme drückte soviel Fürsorge mir gegenüber

aus, daß mich diese Frage noch mehr einschüchterte. Ich mußte unbedingt eine Antwort finden. Schließlich brachte ich stotternd hervor:

»Ich habe den ›Oktavschlüssel‹ nicht richtig verstanden.«

Die beiden anderen hatten sich mir zugewandt und sahen mich wohlwollend an. Kérourédan wühlte in seiner Schultasche und zog den Text hervor, den ich abgetippt hatte, vielleicht um nachzuprüfen, was darin über den »Oktavschlüssel« geschrieben stand.

»Das ist ganz einfach ... ich werde es Ihnen erklären ...«

Und Geneviève Perauds grüne Augen hypnotisierten mich langsam. Ich hörte ihr nicht mehr zu, ich starrte auf die Bewegung ihrer Lippen, auf ihre Finger, die geistesabwesend über den Wollteppich strichen. Ich hörte nur ein einziges Wort, das sie oft aussprach: Harmonie.

Sie hat zu sprechen aufgehört, und ich habe genickt.

»So ... Jetzt wissen Sie fast alles über den Oktavschlüssel«, hat Gianni zu mir gesagt. »Noch weitere Fragen?«

»Ich glaube, das genügt für heute abend«, hat Geneviève Peraud gesagt.

Sie stand mit einer geschmeidigen Bewegung auf und verließ den Raum. Die beiden anderen saßen immer noch im Schneidersitz da. Und ich, ich wagte mich nicht zu rühren.

»Nun, sind Sie mit unserem ersten Treffen zufrieden?« fragte Kérourédan.

Der andere blätterte in den Seiten, die ich auf der Maschine geschrieben hatte.

»Sie tippen sehr gut«, sagte er. »Ich glaube, sie sollten Gruppensekretärin werden.«

»Viel mehr als nur Sekretärin«, sagte Kérourédan.

Er hat sich eine Gauloise angezündet. Ich wunderte mich, daß während der Treffen geraucht werden durfte Ich hatte mir ein feierliches Zeremoniell vorgestellt.

Geneviève Peraud trat wieder in den Salon. Sie trug ein Tablett, das sie auf den Teppich stellte, vor uns in die Mitte. Sie goß die vier Tassen halb voll. Pfefferminztee, aber mit einem besonderen Geschmack, den ich nicht kannte, so als habe sie heimlich irgend etwas hinzugefügt.

Sie tranken langsam, ohne zu sprechen. Ich blickte mich um. Links vom Schreibtisch füllten die Regale einer Bücherwand die ganze Ecke aus. Bücher mit alten Einbänden. Davor ein Sofa mit grauem Samtbezug. Eine Glühbirne mit rotem Lampenschirm, an einem der Regalbretter festgemacht, warf ein sehr helles Licht auf das Sofa. Ich dachte mir, daß sich Geneviève Peraud hier wahrscheinlich zum Lesen ausstreckte. Und vielleicht auch Doktor Bode, wenn er in Paris war.

Sie sind aufgestanden. Michel Kérourédan und Gianni schüttelten einer nach dem anderen Geneviève Peraud ein wenig förmlich die Hand und sagten, sie würden Freitagabend an dem Treffen teilnehmen. Ich wollte mich ebenfalls verabschieden und mit ihnen fortgehen, doch Geneviève Peraud bedeutete mir, daß ich bleiben sollte.

Michel Kérourédan sagte mir auf Wiedersehen, bis Freitag oder vielleicht früher, im Café. Er drückte bereits seine dicke braune Schultasche an sich. Sie begleitete die beiden zur Eingangstür. Ich stand da und wartete, allein, mitten im Zimmer. Die Tür fiel ins Schloß. Geneviève Peraud war wieder neben mir, umfing mich mit ihrem Lächeln und ihren grünen Augen.

»Entspannen Sie sich, mein Kleines … Sie sehen so traurig aus … Legen Sie sich auf das Sofa …«

Nie zuvor hatte ich eine so beruhigende Stimme gehört. Ich legte mich auf das Sofa. Sie setzte sich hinter den Schreibtisch.

»Lassen Sie sich gehen … Schließen Sie die Augen …«

Ich hörte, wie sie eine Lade aufzog und wieder schloß. Dann knipste sie die Glühbirne an der Bücherwand aus. Jetzt waren wir in leichtes Halbdunkel getaucht, sie saß neben mir auf dem Sofa. Sie massierte mir behutsam die Stirn über den Augenbrauen, dann die Lider, die Schläfen. Ich hatte Angst, einzunicken und ihr im Schlaf Dinge anzuvertrauen, die ich schon so lange für mich behielt: René, der Hund, das verlorene Photo, die Schlachthöfe, das Hufeklappern, das einen frühmorgens weckt. Und nun lag ich auf einem Sofa, in der Rue Dombasle Nummer 7. Das war kein Zufall. Wenn ich mehr erfahren wollte über das Leben, sein Licht und seinen Schatten – wie Doktor Bode sagte –, dann mußte ich noch eine Weile bleiben, hier, in diesem Viertel.

Anmerkung der Übersetzerin

Der Roman *Comme le temps passe* von Robert Brasillach (1909-1945) erschien 1937 und bereits ein Jahr später in der deutschen Übersetzung von G. Grote unter dem Titel *Ein Leben lang.*

Der Roman *Vivre à Madère* von Jacques Chardonne (1884-1968) erschien 1953.

Brasillach und Chardonne traten während der deutschen Besatzung als Exponenten der Kollaboration hervor; Brasillach wurde nach der Befreiung zum Tode verurteilt und hingerichtet.

La Belle Americaine (dt. unter dem Titel *Der tolle Amerikaner)* ist ein Film von Robert Dhéry aus dem Jahr 1961.

Die Verse »Je me souviens / Des jours anciens« stammen aus dem Gedicht *Chanson d'automne* von Paul Verlaine (1844-1896), erschienen in der Sammlung *Poèmes saturniens* von 1866.

»Leicht, schwebend und sehr kunstvoll.«

Jochen Jung, Die Zeit

Thérèse sieht in der Metrostation eine Frau und glaubt, ihre Mutter wiederzuerkennen. Während sie ihr folgt, kehren die Erinnerungen zurück: an ihre Kindheit, in der man sie »Die kleine Bijou« nannte, an die damalige Wohnung und an die Männer, die dort ein und aus gingen. Und daran, wie ihre Mutter sie verließ. Wie in einem Traum jagt Thérèse der Gestalt hinterher und wird dabei selbst von den Bildern der Vergangenheit gejagt.

Aus dem Französischen von Peter Handke
152 Seiten. Gebunden

www.hanser.de
HANSER

Aus Freude am Lesen

"Viele halten Ulitzkaja für die beste zeitgenössische russische Autorin. Und es ist nicht schwer zu verstehen, warum."

Booklist

Vor dem Hintergrund eines halben Jahrhunderts russischer Geschichte erzählt dieser Roman von Schuld und Sühne, von Glück und Verzweiflung, von Leben und Tod.

Ljudmila Ulitzkaja
Reise in den siebenten Himmel
Roman
btb 72828

Eine grandiose Mischung aus "Familiensaga, Gesellschaftsporträt, großem Epos und Außenseiteballade, realistischem und experimentellem Roman!"

Der Spiegel

"Ljudmila Ulitzkaja tritt den Beweis an, dass die russische Gegenwartsliteratur das Erzählen nicht verlernt hat."

NZZ